上帝的角度

上帝的角度

何福仁 著

責任編輯　　　舒非
書籍設計　　　彭若東

書　　名　　上帝的角度
著　　者　　何福仁
出　　版　　三聯書店（香港）有限公司
　　　　　　香港鰂魚涌英皇道 1065 號 1304 室
　　　　　　Joint Publishing (H.K.) Co., Ltd.
　　　　　　Rm. 1304, 1065 King's Road, Quarry Bay, Hong Kong
香港發行　　香港聯合書刊物流有限公司
　　　　　　香港新界大埔汀麗路 36 號 3 字樓
印　　刷　　深圳市恆特美印刷有限公司
　　　　　　深圳市寶安區龍華民治橫嶺村恆特美印刷工業園
版　　次　　2009 年 4 月香港第一版第一次印刷
規　　格　　大 32 開（140×210 mm）248 面
國際書號　　ISBN　978．962．04．2830．2
　　　　　　© 2009 Joint Publishing (H.K.) Co., Ltd.
　　　　　　Published in Hong Kong

目　錄

上帝的角度
——看米開朗基羅

　　三次進入羅馬聖彼得教堂，只為了看米開朗基羅，他的《聖殤》（*Pieta*）當然是目標之一，雖然我毋寧更喜歡他其他的幾個沒有完成的版本：兩個在翡冷翠，一個在米蘭。在翡冷翠的《聖殤》，人物有四，從一塊巨石走出來，是米氏為數不多的群雕：年邁的尼古德莫（Nicodemus）幫助瑪利亞攙扶耶穌，戴了頭套，在背後當眼的位置；自文藝復興以降，就認定這其實是米開朗基羅自己老年的寫照，本來打算放在自己的陵墓，但由於這樣那樣的原因，他自己把它敲爛了，後來再由弟子修補、加工。瑪利亞的手指、耶穌的手臂都留下裂痕。母子的髮臉相連；出自弟子之手的抹大拉瑪利亞，形神俱小，真是相形見絀。至於米蘭的一個，慣稱為《隆旦尼尼聖殤》（*Rondanini Pieta*），同樣是米氏晚年在家裡不斷把玩的作品，兩母子前後幾乎融為一體，整個雕塑由簡約的垂直

綫構成，顯得更無助，更沉痛。瑪利亞的左手放在耶穌的肩背上，母子相依，與其說是母攙扶子，倒更像是子背負母。而且瑪利亞呈現正側兩副不同的臉容，令人想到後來的立體主義。

三地三個《聖殤》之外，翡冷翠另有一個，因為來自巴拉斯屈那，故稱為《巴拉斯屈那聖殤》（*Palestrina pieta*），人物有三，尼古德莫再沒有出場，但這作品過去沒有記錄，是否真跡，意見分歧。兩個女子的頭身很粗糙，瑪利亞和耶穌的手都很粗壯，較細緻的是耶穌，垂頭屈腿，看來像米氏以往未完成的《奴隸》，這或者出自弟子之手，不過那種情調、風格倒跟米氏晚年吻合。無論如何，《聖殤》這麼一個他重返的母題，經歷了半個世紀，俱摒棄早年那種優美的古典範式，也許大師再無需求買主之所好吧，得以自由探索，自由開拓。

米開朗基羅陽剛矯健的作品背後，隱藏了一顆猶豫寡斷的心，生活上，他經常疑神疑鬼，即在他的本行，許多時也是半信半疑。他不斷修改作品，不少沒有完成就捨棄了；有時又會因為各種外在的因素，令工作停頓，而開始另一個計劃，那許許多多沒有完成的計劃。有時，他甚至把自己這種猶豫也呈現出來。據說米蘭的《聖殤》開始雕壞了，到他臨終前幾天還在琢磨，沒有完成，結果反而留下這種動人的效果。

當然，那個時代的藝術家不得不寄生於權貴。拉斐爾

只活了短短的三十七年，一直馬不停蹄地接受權貴、教皇的聘約，作品的數量相對而言十分驚人；結果英年早逝。列奧納多·達·文西呢，為了自己各種看似怪誕的夢想尋求知音，從米蘭自我流放到了法國。幸或不幸，米氏一生跟不同的權貴周旋，在他們托庇之下獲得藝術的空間；可是另一面，又疲於應接、服侍。他們每個人都喜歡藝術，懂一點藝術，也很清楚他的才能，太清楚了，所以每個人都派他這樣那樣的差事，把他當作榮耀自己的工具，舊約未完又添新約，於是負債纍纍。於是拚命還債，誰也還一些，可誰也沒有完全滿意。他繪畫西斯廷禮拜堂的天頂壁畫時，教皇尤利烏斯二世（Julius II）老在催他完成，一次他說：「要等我滿意才能完成。」教皇這樣答：「不要再磨磨蹭蹭了，你只需使我滿意就行。」

尤利烏斯二世又譯朱理達斯二世，他可另有一個可怕的別號：「恐怖教皇」（il papa terrible）。這教皇雄心勃勃，既要收服基督教會在人世流失的領土，於是不斷用兵，甚至晚年還在親征；又要鞏固基督教會在人世的地盤，於是重建地基不牢、日漸下陷的羅馬聖彼得大教堂。打仗和重建都無錢不行，要奢侈糜爛地生活，無錢更不行，於是橫徵暴斂，多方搜刮，賣聖職、賣特赦。當時有一本流行書《天國不容尤利烏斯》（*Julius Exclusus*），寫他乞求進入天國，卻因為聖袍內包藏血污的戰衣，被拒諸門外；據說這是埃拉斯謨斯（Erasmus）化名之作。書中虛

構聖彼得和尤利烏斯對話，問他何以在人世得享大名，是因為研究神學麼？他答得爽直：沒這回事，我忙於打仗，哪有時間搞這個。

尤利烏斯二世一朝共十年，從1503至1513年，對歐洲以至全人類的政治、藝術、宗教、文化發展，都影響深遠。埃拉斯謨斯和馬丁・路德都在這時期前後來訪羅馬，前者轉往英國後，寄寓湯馬士・摩爾（Thomas More）家中，以巴赫金所謂狂歡式的筆法寫出《愚人頌》（*The Praise of Folly*），通過一位愚婦的嬉笑怒罵，對神職人員諷刺嘲弄，愚和智、嬉鬧和認真，一爐而冶，揭開了宗教神聖不可侵犯的面紗，為後來的宗教改革開路。至於馬丁・路德，目睹這「永恆之城」羅馬的墮落，對之幻滅，七年後公開發表他的九十五條論綱。

但無論埃拉斯謨斯或者馬丁・路德，對當時漸有瞄頭的文藝復興藝術都奇怪地無動於衷；埃拉斯謨斯甚至對正在復興的古典表示戒心，恐怕猶太教以至異教會一併乘機復活。尤利烏斯卻喜歡藝術，懂得利用藝術；如果我進一步說他其實也懂得藝術，瓦薩里（Giorgio Vasari）一定不同意。瓦薩里筆下有一則著名的掌故：1504年《大衛》完成後，尤利烏斯蒞臨驗察，批評《大衛》的鼻子太厚。米開朗基羅觀察到他當時站在巨人的正下方，其實並不能看到整座雕塑，於是偷偷地抓了一堆石屑，握著鑿刀爬上鷹架上去，然後作勢往巨人鼻子上敲鑿了幾下，放手撒

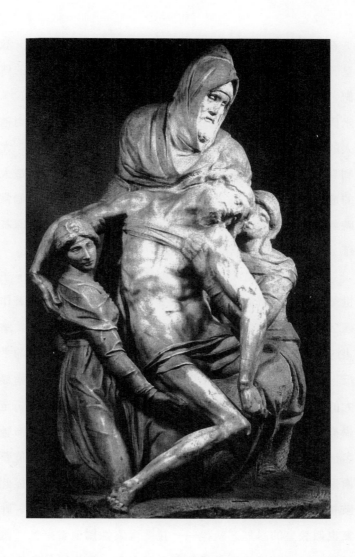

翡冷翠的《聖殤》

下石屑，再問下面那位給他薪酬的評論家現在怎樣啦。教皇答：「啊，現在好多了。你把它雕活了。」瓦薩里的傳記，轉錄自米開朗基羅的弟子康廸維（Ascanio Condvi），米氏晚年向他口述自己的故事，故事對自己的塑造、對他人的品評月旦，是否完全真實呢？也許應該公平地說，尤利烏斯挑選藝術巨匠，眼界之準，並不下於大衛；他最大的成就不是把「法國蠻子」趕出意大利，而是重用兩個當時對繪畫濕壁畫俱無往績的人，一個是雕刻家米開朗基羅，另一個則是年輕畫家拉斐爾。

不過弔詭的是，神職人員曾經大肆破壞古典藝術。中世紀初期，基督善信對古希臘、古羅馬的藝術、經典著作瘋狂地破壞，瓦薩里寫他們焚城，把羅馬精美的建築、繪畫、雕塑，消滅殆盡。文藝復興，無疑是對過去藝術的平反。如今反理性的狂潮稍退，雄心勃勃的教皇成為藝術最大的贊助者。如果進天國無望，那麼他把人間的賭注，至少有一半，都押到米開朗基羅身上。這位教皇以恐怖馳名，他當然很清楚米開朗基羅的恐怖也旗鼓相當。這位藝術家不單外貌不揚——年輕時打架，被打塌了鼻子，從此破相；衣着邋遢，厭惡洗澡，更因為他的性格孤傲，脾氣也似教皇的暴烈、執拗——拉斐爾索性罵他看來像「劊子手」，這兩個恐怖份子齟齬爭鬥多年，最終居然能夠相安，擦出偉大的藝術火花。這畢竟是時代之幸。

米開朗基羅早期畫過一幅《聖家庭》（*Holy family*）

的油畫，呈現典型的幸福家庭，到了畫西斯廷壁畫，同樣的家庭成員，倒彷彿變得各懷心事，並沒有和諧愉快的表現，有論者認為這其實反映米開朗基羅的家庭生活，三個不成材的弟弟加上一個一直當他是搖錢樹的父親，一家人對他不斷需索，令他不勝其煩，也不勝負荷。他只好拚命工作，像個錙銖必較的傢伙，堅持追討應得的報酬，儼然是兼侍家庭、教廷二主的奴隸。照這個思路，則他為尤利烏斯二世陵墓創作的奴隸雕塑，也未嘗不可以說是藝術家自己的投影。陵墓開工不久，教皇就改變主意，轉令他繪畫西斯廷壁畫，直到壁畫完成，教皇臨終前才再讓他拿起鑿子。這陵墓把他折騰了三十多年，由龐大的計劃而大大縮減。奴隸原本要雕二十座，如今兩座到了巴黎羅浮宮，四座在翡冷翠的美術學院，就放在入口，《大衛》前面不遠。那些垂死的、被困的奴隸，五百年來仍在石頭裡苦苦掙扎，都沒有完成，美術史家稱為nonfinito，正因為沒有完成，豈不更富意味？更有表現力麼？他用石頭繪畫，卻用畫筆雕刻，那麼寥寥數筆，就把奴隸勾勒出來，而神情活現，我們看到他們的反抗，看到他們對自由的嚮往，這是人文精神的最高體現。如果《大衛》是翡冷翠自由、獨立的精神象徵，那麼這些被困鎖在石頭裡的奴隸，則是從另一面對人類尊嚴的頌歌。

　　我想，米開朗基羅的雕塑、繪畫，從一開始就不是純粹的寫實，而是在扎實的功夫上，轉化前人的珠玉，另闢

蹊徑。他用的不是力，而是心力；這裡那裡他投影了個人的心志。只有這樣，他並非別人的工具，他表述的是他自己；也只有這樣，才成就藝術。只是多數人認為他的雕刻高於繪畫。連他自己也有這種想法，他指出大理石的雕刻，比繪畫更嚴格，限制更大。這可能也是出諸對列奧納多的反駁——列奧納多認為雕刻的層次低於繪畫。文藝復興時期，繪畫受重視的程度，可說前所未有，取代了過去的雕刻。我們如今當然知道，不同媒體，特性有別，其實各擅勝場。不過米開朗基羅的繪畫，當年對手不少，雕刻呢則無人可以匹敵。比如《大衛》，他把他雕成古希臘阿波羅似的青年戰士，而賦予強烈的個性。這是他對舊約那位猶太少年的新釋。聖彼得教堂裡的《聖殤》，乳白的大理石，看來細緻真實，可是瑪利亞雕成了一臉純稚的少女，彷彿仍是當年聽到聖告時的樣子，而言猶在耳，她膝上的兒子忽爾已經三十三歲了。這兩母子，毋寧更像兩夫婦。即使在當年，即使在偉大的藝術家群集，偉大的藝術正在不斷創生的地方，也惹來不少的非議。瓦薩里為他申辯說：「愚昧的藝評家不會知道，堅守貞節的人可以青春長駐。」瑪利亞右手扶持著橫臥的耶穌，左手垂伸，儼然無語問天。但她一切寬恕，一切憐憫。寬袍下，她的胳膊顯得闊碩強健，也許只有這樣，這年輕的生命才承托得起人世難以承受的滄桑。

米開朗基羅雕成《大衛》，才二十出頭；其他更悲天

布魯日的《聖母與聖子》

憫人的《聖殤》，還得隨歲月的磨練而增長。沒多久，他就看到那位曾經撼動整個翡冷翠的多明我黑袍修士薩伏那諾拉（Girolamo Savonarola）被宗教法庭裁定為異端，上了絞刑台，再燒屍，骨灰扔進翡冷翠的阿諾河去。這修士挑戰教廷的權威，僭稱得天使的顯示，斥責翡冷翠人荒唐、墮落的生活，而且號召新共和政府的成立。米開朗基羅年輕時曾深受影響，一生都在身體力行這修士所鼓吹的刻苦生活；對人世間悲觀、冷漠，大抵也是修士的作用。修士殉難時，他噤若寒蟬。他總在感覺危險時就逃跑。他從來都不喜歡羅馬，不信任羅馬，一有事，就跑回翡冷翠的老家。1512年，當教皇要對付向路易十二靠攏的翡冷翠，他去信老父，勸老父一見風吹草動就溜，要溜得最快。他看到教皇權傾一時，從更可惡的阿歷山大六世到可怖的尤利烏斯二世，最終也不免逐一老去、死亡。當然還有他那為時代不容更為自己不恥的情感生活：他對同性的愛。他壓抑著，因此苦痛、矛盾、內咎。他時而自大，在列奧納多那樣可能是更偉大的畫家面前；時而自卑，在他寫給那位年輕貴族卡瓦得利耶里（Tommaso de' Cavalieri）的信裡，他謙恭得自慚形穢，一向勇於爭取權利的人，向摯愛送「禮」時，卻變得吞吞吐吐。其中一封信，他說：

如果我確如人們所說的能事事取悅您，我願意奉獻現在和將來，為您服務。事實上，我感歎不能追回過去，因

10

為將來，我不能以更長的時間為您效勞，我現在年紀太大了。我再也無話可說了，請細讀我的心，而不是我的信。因為想以筆寫出人的美好情感是徒勞無功的。……一個人送出禮物，應該告訴受禮人這禮物的名字，但什麼名字才適切呢？這阻止了我在這信中這麼做。

信寫於1533年，寫了三個版本。潘諾夫斯基曾經細緻地分析過他和新柏拉圖主義的關係，「柏拉圖式的戀人，總將愛戀的具體對象跟形而上的觀念掛勾，賦予其宗教似的崇高；然後覺得自己跟這個自我創造的神不配。」他像苦行僧那樣生活，瘋子似的工作。

而外面，同樣是個新舊撞擊、對峙的時代。梵蒂岡的對手是法國的路易十二世、意大利各地東靠西攏的城邦；不多久，還有德國的新教，風雲色變，把歐洲分成兩半。《聖殤》裡的瑪利亞，是否可以解讀成無瑕、永恆的意大利，在哀悼她童貞受孕，背負十字架的兒子·？而整個西斯廷壁畫也呈現一種悲劇的情調，即使天地始創，也不見得有創造的欣喜。這種情調，是列奧納多和拉斐爾所沒有的，反而接近前輩喬托。激情、暴烈、憂鬱、缺乏安全感，這是中世紀的時代特色，米開朗基羅是嫡系傳人，他跟文藝復興的樂觀主義反而是疏堂遠親，他晚年再畫西斯廷祭壇的壁畫，題材順理成章是《最後審判》，其中一幅是聖巴塞洛繆手中揪著失去骨肉的人皮。這人皮，在栢多

華的喬托作品出現過，不過頭臉低垂，他的卻面對觀眾，張口呼號，變成他自己。

　　失去骨肉，從好的一面看，未嘗不是解脫，像終於掙脫了石頭的枷鎖；「假如，」一如潘諾夫斯基所云，「奴隸代表被物質所縛的人類靈魂。」可是，他並沒有因此上得了天國。看來只有通過藝術，才是唯一的救贖。西斯廷天頂上那些畫，雄渾、奔放，大氣磅礴，人物三百多個，卻毫無擁塞雜亂的感覺，而自有一種和諧互相呼應的律動。每個形象，總在扭動身軀，伸展陽剛、矯健的肢體。我在堂下仰看，看著看著，產生浮雕的錯覺。於是我好像也逐漸領會藝術家的苦心經營。他的對手拉斐爾的傑作《雅典學派》、《聖體辯論》就在鄰近，那是比人稍高、平面的壁畫。拉斐爾也繪天頂，但格局要小得多。米開朗基羅的篇幅，卻高懸在觀眾的穹頂之上。這苦差，照瓦薩里所說，是拉斐爾等人不懷好意向教皇推薦的，想令他出醜，令他不得不放下陵墓雕刻的工作。此前，他畫濕壁畫的經驗甚淺。他可能也看過列奧納多在米蘭的《最後的晚餐》。米開朗基羅面對的這兩位畫家，一老一少，都精擅焦點透視，尤其是《最後的晚餐》，更因地制宜：壁畫就畫在教堂長方形食堂裡的一頭。列奧納多利用了食堂左邊上壁一排窗子的光源，讓壁畫分別明暗，光天化日之下，所有人都沐浴在光綫裡，只有一個人的臉孔背向，遁入黑暗，那是猶大。耶穌坐在正中，背景是遼遠光亮的窗

子，於是呈現一種向心力，再把我們的視綫引向遠方。整個壁畫，莊嚴、崇高。這是我看過最動人的壁畫了。列奧納多曾勸導年輕畫家要向啞巴學習：在繪畫裡學習他們的肢體語言。其實意大利人談話時一直充滿肢體語言，尤其手勢，我們在熒幕上看意大利足球賽，球員一旦被球證吹罰，有的縮肩，雙手合十；有的張手向天，作伸訴無門狀。這些善於用腳表述的意大利人，天生也有一雙喜歡說話的手。同屬天主教的巴西、西班牙球員可少有這種誇張的手勢。《最後的晚餐》裡，當耶穌說：你們當中有一個會出賣我，桌上就充滿各種失語症似的手勢。

列奧納多天才橫溢，可能兼擅過多，承認自己是畫家，總有點靦顏：他的畫，以專業畫家而論，畫得太少了。他喜歡實驗，以油畫的方法試畫濕壁畫，結果這畫沒多久就損壞了。據說列奧納多在繪畫《最後的晚餐》時，往往對著畫面沉思、出神，良久不著一筆，這顯然不是濕壁畫（fresco painting）的畫法。Fresco一詞，意文原意指未乾；這種畫法是作畫前先在壁上抹一層濕灰泥，讓顏料滲透到石灰泥裡，乾燥後顏料即凝固在牆壁上，得以長久保存。不過濕泥易乾，必須迅速繪畫，要做好準備工夫，要預計每次的工作範圍。一般先畫好原大的草圖（濕壁之上不可能打草稿），然後把草圖用小針釘在壁上，刺出輪廓綫條；再繪畫、著色。西斯廷禮拜堂的壁畫就發現許多針刺的小洞。倘出諸油畫或乾壁畫的方法，當然要利落、明

亮得多，可是顏料不牢，很快就會褪色。儘管如此，當我們面對《最後的晚餐》，仍然可以想像，當年在這裡用膳的修士，會有多麼強烈的即臨感？彷彿就和耶穌、十二門徒一起用膳，然後，悄悄的，會有一種聲音逼問自己：我有沒有出賣恩主？豐子愷說這畫只有信徒看了才感動，一般人則只覺畫法巧妙，而只會把畫中人物當小說故事看。我不同意。這其實也是一個永恆的主題，在挑戰我們的良知。當酒酣飯飽，我們會否反躬自省：我對得起朋友、對得起自己嗎？然則經過機械的複製，裝裱到客廳裡，失去的何止「氛圍」（aura）而已？

但發揮人類肢體語言，而至登峰造極的藝術家，此前當無過米開朗基羅。我們微觀地看他畫的各種手勢，再微細至手指頭，馬上會想起《創造阿當》的上帝和阿當，兩根指頭一觸，天地從此有了生命。《大衛》鼻子的掌故，說明米開朗基羅也同時善於體察觀者的角度。有人斷定他的雕塑沒有一座合乎正確的比例，《大衛》如是，連那曠世之作的《摩西》，也是考慮到接受者的角度：從下仰看。西斯廷的畫，我們不單仰看，高遠地，而且就在頭頂之上，足有十八米之遙。他邊畫邊學，初期還不大能夠掌握濕壁畫的技術，畫很快就發了霉；後期已得心應手了。到許多年後畫《最後審判》，他已經駕輕就熟，他特別在原有的牆壁上，加添一堵磚牆，上層加厚，稍稍向前斜傾，方便堂下的觀眾。換言之，這兩幅傑作，複製成平面

圖的話，反而是扭曲。他把畫面分割，不留空位，運用了前縮透視法，出諸粗豪的綫條，把形象畫成浮雕，而且因應拱形天花，這樣那樣地扭動、變形。他終日仰起頭，趁石灰泥未乾，飛快地繪畫；油彩都滴到髮上、臉上、眼睛裡。畫得幾乎目盲。長期這樣工作，以致後來連看信件，也要放在頭頂上才可以看清楚。創作的過程，一定極苦，可同時又是極樂。他在凡間的觀眾，其實只有一位，那是給他薪酬的教皇；但他更關心的，毋寧是蒼穹之上那一位看官。許多年後，我在堂下仰看，也能感受這種藝術的力量。看累了，頸部發疼，倚靠到堂邊的座位上，頭上的天國居然浮動起來。而天國之下，連波提切利的作品，也變得黯然無光。我發覺許多人坐在堂邊座位的姿勢，垂下頭，一隻隻手支托著也掩蓋著鼻子下面的嘴巴，恰好就成為米開朗基羅所繪的先知耶利米，那也是許多年後羅丹《沉思者》的姿勢，但這個沉思的先知，不就是米開朗基羅自己麼？

我過去對聖彼得大教堂沒有太大的興趣，心想建築越宏偉，高聳入雲，越遠離人間，越給人一種君臨的感覺。我欣賞的是拓荒期地下的羅馬教會；我佩服的是中世紀時期阿西西的聖芳濟那種捨棄一切、民胞物與的精神。不幸的是，聖芳濟的接班人，馬上就變得斂財、貪婪。我第一次進堂，只隨便瞄瞄就走了。我看過梵蒂岡的珍藏，各種飾物配戴，金光璀璨。我記得，教皇曾嫌西斯廷的壁畫不

夠華豔，要米開朗基羅鍍上金漆。還是藝術家答得好：「聖父啊，那時代的人無需金子來裝飾自己；畫中人都並不富有。他們是輕視財富的聖人。」1510年，當米開朗基羅正在跟西斯廷的壁畫搏鬥，年輕的修士馬丁·路德懷著朝聖的大虔誠第一次來到羅馬，也是最後的一次，聖靈向他顯現，不過是以另一種形式：污穢、淫亂、仇殺，平民在垃圾堆裡討活，紅衣主教呢，則住在豪宅裡窮奢極侈，約五萬的人口，妓女多達七分一，鼠疫、性病猖獗，連教皇也染上梅毒。他後來寫：聖彼得大教堂與其重建，倒不如一把火燒掉。

我第二次走進聖彼得大教堂，是差不多二十年後的復活節，晚上，因為下榻的酒店就近，就湊興望了一陣彌撒，感受一下善信的氛圍；小時隨母親望彌撒的記憶鮮活起來。我還想起一位我從未見過的舅父，在我出生前就到了羅馬攻讀神學，母親說他成為了修士，因為戰亂，輾轉失去了聯絡。所以在意大利，我對年邁的華裔修士總會分外留神；有一種奇怪的親切感。那時《聖殤》好像受了破壞，牢牢封閉。最近第三次參觀教堂，《聖殤》重新開放，安放到安全的距離去了。這次，我和朋友興致極好，乘電梯上教堂的天台去。走出露台，就看到米開朗基羅的頭像，陽光燦爛，走到那些站了許許多多年的聖徒後面，忽爾有了不同的感受，一切變得可親起來。下面是整個羅馬的景色，再上面則是蔚藍的穹蒼。它看過多少人世

的離合悲歡？中國的哲學家說：「天地不仁，以萬物為芻狗。」不仁，不是麻木冷酷（unkind），而是無動於衷（indifferent）。我問朋友：這就是上帝俯看人間的角度嗎？

2000年4月

大衛和天使

　　翡冷翠有太多的大衛，不同高度的，甚至不同形狀的，始作俑者當然是米開朗基羅，但那是他早期的一個版本。這個之前，當納太羅（Donatello）的青銅大衛，或者這個之後，米開朗基羅的另外一個大衛，全都要冷落得多。大衛，就算同出一個父親，不見得同樣芬芳。這除了因為這個大衛本身傑出，太傑出了，千載一時，還可能因為遊客要買的是那麼一個一眼就可以辨認，作為到過名勝的佐證。當納太羅的大衛，恐怕別人應邀造訪府上，義務參觀你的旅行收集時，會以為你去的是希臘呢。什麼，當那納羅？不是李安納度？你不是坐鐵達尼號遊輪吧？希臘，你當然要去，或者對上一個假期，不是去過麼。話題岔開，豈不令大家尷尬。何況，如果真的仿舊如舊，那應該是青銅，你不嫌貴，也會怕這傢伙太笨重。大衛之妙，別忘了是小個子打敗了大塊頭。是的，我們必須考慮賓客

的感受，讓彼此獲得共通的、認知的快感——好像阿里士多德說過那樣的，這才賓至如歸。

何況，幾百年來，米開朗基羅和大衛的種種傳聞：如何從一塊廢置的卡拉拉大理石塊，把不需要的碎瑣拿走，到終於兀立成為翡冷翠自由的象徵，這些，其實塑造了我們的品味。所謂品味，往往是積習的美稱，裡面包含多少政治？到翡冷翠而沒有重溫多少米開朗基羅的故事似無可能，儘管沒有多少是確鑿不疑的，誰要認真呢？難怪貢布里希的《藝術的故事》第一句就是：世間實則只有藝術家，而沒有藝術。

不諱言說，我對大衛，像流星花園F4成員中某一位小男生，或者把4個加起來——對不起，都不過是印象，都不過爾爾。米開朗基羅這個大衛，多年來經過無數工匠的複製，本來昂堂高大，叫人抬頭仰看的大衛，當他們一個個列隊以不同高度甚至不同形狀矮立在我們腳下的地攤上，我對大衛，在我看到真正的大衛之前，已絲毫沒有期望，沒有想像。

觀看大衛，發覺自己也不免受成見的影響。我在羅馬居住的旅館，就近有一所旅行社，路過時瞄瞄，即興參加了一個翡冷翠一天遊的行程，雖然明知自己坐火車也是蠻方便的，想到這也是另一種體驗，到了翡冷翠再算。旅行車一直把我們帶到翡冷翠的米開朗基羅廣場。同行的有四位來自西班牙的修女。剛下過雨，廣場上遊人稀少，我們

看到跟原作等高的大衛，但一身青銅，無疑經得起風吹雨打了。最愉快開懷的，看來還是那幾位修女。她們都六十過外，卻好像四隻精靈好玩的小雲雀，一路吱吱喳喳；下了車就蹦來跳去，對什麼都好奇，彷彿剛好從天堂下凡，重新觀看人間，發現種種變化、新鮮。她們在大衛前後拍照，還囑我替她們和大衛拍一張合照。在傻瓜鏡頭前面，她們開朗、愉快，大衛則蹙眉瞪眼，顯得緊張分分。是他自覺尷尬，難為情起來？在伊甸園裡的阿當、夏娃，不是也了無掛搭的麼？大衛難道也忽爾吃了智慧果麼？

米開朗基羅當年創作布魯日的《聖母與聖子》，僱主原本是一位紅衣主教，曾堅持要看看初稿，以確保母子都穿著整齊體面。米氏拒絕，結果拉倒了。如今的聖嬰，還是裸露了小孩的肉身，大家都覺得自然而然，紅衣主教的要求反而變得矯情。這作品成為了布魯日居民的榮耀。幾位修女，比大衛大方，覺得大衛也沒有問題。大衛旁邊的攤檔，擺放了許許多多形狀高矮不一的大衛。芸芸大衛，有的，頭身已經給聰明機巧的工匠改造得合乎比例。然後，我們走進美術學院去看真正的大衛。進門，看見兩旁米氏幾尊沒有完成的奴隸，才令我從不斷打岔的遊思亂想裡凝神起來。大衛就在盡頭，站立在正中，有四米多高。

這是我第一次看見真正的大衛。我並不迷信原作有「光環」這回事，只是想到我們必須考量作品與環境的關係，好像某些流浪街頭的塗鴉之製，只有在它游擊的環頭

才能發揮顛覆的活力。雕刻《聖母與聖子》時，米氏的原意是放置在神壇之上，如今改放在水平綫的位置，於是聖母垂目俯視，而聖子更予人頭臚大得不成比例之感。

「這是大衛打倒巨人之前，還是之後呢？」

「之前啊，否則他為什麼還要緊蹙眉頭呢？」

兩個青年用英語對答，年紀跟大衛相若。我想插嘴：勝利之後，大衛仍然會發愁，仍然緊張頂透，因為他的子孫如今轉過來對付扔石頭的巴勒斯坦孩子，用步槍，用坦克車。但我是否又想得太遠，太跑野馬呢？

好幾年過去，我一直沒有忘記那幾位修女。我們曾經同桌午餐，只有這時候她們才安靜下來，兩個拿著罐頭汽水，每喝一口，總是把罐子看了又看；她們看來只有對食物才不感興趣。另外兩個，一個始終用雙手的指頭按著桌邊，另一個則在桌上斜托著脖子，塵世看過大抵也不過爾爾，在溫熱裡有幾分淡然。我覺得她們就像我不久之前看過拉斐爾繪畫的小天使。

重返人間的 *Pieta*

　　八月間在荷蘭的新教堂看雕塑展，頗有所得。展品約八十件，創作期從1947至2002年，選自Stedelijk美術館的收藏，包括亨利·摩爾、德庫寧（Willem De Kooning、Karel Appel）等人的作品。這是Stedelijk跟新教堂連續三個暑假合作的第一季。新教堂其實不新，原建於十四世紀，哥特式，如今地盡其用，經常舉行展覽、講座、演奏會，儼如文化中心。這無疑秉承了文藝復興時代宗教對藝術的贊助，而且變得更開放，因為贊助的創作大多都很前衛，富於爭議。這令人深思。下面談談雕塑展其中一個展品。作品以錄像形式表達，我則嘗試用文字把它記錄。

　　我是從中場開始觀看的：只見一個女性雕塑家，身穿黑衣，牛仔褲，嘗試把一件白色的人物泥塑扶起。泥塑橫放在工作台前，她在台後。泥塑很瘦削，臉面、手腳俱全，可這裡那裡還有裂縫，看清楚了，右邊胸口下還有一

條深刻的傷痕。她把泥塑的雙腿逐一屈曲。但泥塑軟綿綿的，總是扶得東來西又倒，她很努力，也有點吃力，但沒有放棄的意思。當她把他稍為扶定，我立即眼前一亮，這不是西方美術史上耳熟能詳的形象麼？但一黑一白，形成強烈的對照，而且時間沒有凝定，雕塑家一離場，泥塑馬上下塌，手腳分崩離析。

錄像總是這樣的，不多久，它又自動重新播放，彷彿是這個道成肉身的「人之子」不斷重塑的過程。我自覺已有所悟，但還是捨不得走開。開始時打出題目，果然，叫 *Pieta*（《聖殤》），然後出現一張工作台，台上膠布包裹著什麼，背景白色。風吹來，把膠布吹開。這時雕塑家出現，她把包裹打開，原來是一件跟成人一般高大的人物泥塑。她又開始小心翼翼地要把自己的作品扶起，就當他是有生命似的。

作者很年輕，叫 Erzsebet Baerveldt，荷蘭人，生於1968年。五百年前，當米開朗基羅完成聖彼得大教堂的 *Pieta*——其他的，都沒有完成，年紀其實跟這位女雕塑家相若。自中世紀以來，*Pieta* 是西方藝術一大母題。*Pieta* 或譯《聖母哀悼基督》，表達的是聖母瑪利亞哀悼基督的犧牲。但長期以來，既甚少女性的作品，也絕少從瑪利亞的角度出發。換言之，一直是以男性的心眼處理瑪利亞，把她塑成或者繪成清純的貞女；從《聖告》（*Announciation*）開始，一個被動的角色。長期以來，瑪

Baerveldt的《聖殤》

利亞被塑造成女性最理想的形象，基督呢，則有不少作者自己的投影。此前，我剛在布魯日看到米開朗基羅以卡拉拉大理石雕成的《聖母與聖子》（*Madonna and Child*）。這是米氏少量流出意大利以外的傑作，跟聖彼得大教堂之作異曲同工，聖母坐在石上，小嘴微呹，長袍披垂，只不過聖子尚未成年，大約五、六歲，站在母親兩膝之間，稚氣、調皮，右手背伸，牽著母親的左手。母子形成一個金字塔式的結構。翻翻解説的文字，提到米氏六歲喪母，影響一生，聖母投射了他心目中那位無緣携育他成長的母親。瑪利亞這位母親奉天承運，對一切已了然心胸，可這是以單親的父愛或者兒子的美意倒過來創造的母親。她是上帝要宣示眷愛世人，不惜犠牲親子的工具。她是娜拉的舊身，她是約瑟的妻子、人子的母親，但她自己是誰？

如果沒有新意，何必運用陳濫的題材？這個作品，焦點就在聖母，她一如常人而已，活生生的，承擔塑造者之責，而且她就是雕塑家自己。米氏何曾親歷生兒育女的苦痛與悦愉？有的，不過來自觀念，來自藝術的創造。當然，藝術的果實，何異於教養兒女得以立地成人？但這位女性觀念藝術家反而把觀念還原，告訴我們：她才是創生者，她創造她的基督。她和自己的作品之間，一實一虛，一生一死，她可是真實的存在。實虛可以相成，生死可以轉化，但至少，她當下的而且確是真實的存在。

而且，所謂經典，往往呈現一種絕緣的狀態，從它產

生的時代、社會氛圍甩脱開來。這當然和過去的美學原則
有關，認定好的藝術品乃理想世界的創造，超脱時空；加
上近代美術館之設，令繪畫和雕塑都集中起來。*Pieta* 戴上
光環，於是長期被孤立 （米氏在聖彼得的*Pieta*受人破壞
後，連帶布魯日的《聖母與聖子》也受防彈玻璃的保護，
觀眾只能隔一段距離欣賞）。Baerveldt顯然從迴異的思維出
發，通過不同的媒體，取回母親／塑造者的主權，讓它重
返人間。但倘説因此得以跟過去一刀割斷，也是不對的。
即使對最激進的藝術家而言，傳統也成為潛在的負面影
響。世界先於我們而存在。這所以Baerveldt沒有也無須呈
現雕塑基督的工序，一開始，基督已經是個現成品（ready-
made）。這是新舊、今古的對話。

　　觀念藝術由於借重傳統以外的其他媒介，大量引入新
技術，再加上從語義信息轉向符號信息的取態，美學原則
不同，良莠難齊，這麼一來，往往顯得浮淺，摒棄深度；
觀眾有時甚至知道你的「觀念」就算，具體的作品、演出
反而不必看。要是深度再不是觀念藝術家的目標，那麼至
少還有一個溝通的問題，這問題不可謂小。藝術家一面辯
稱要打破傳統藝術的光環，要磨平藝術和生活的隔閡，但
如果走過了頭，藝術就等同生活，則我們何需「藝術」？
藝術豈不成為一番造作？另一面，又有的走向形而上的怪
誕，令生活變得費解。

　　米氏等人的作品，我們看到的是精挑細選，某個凝定

的時刻；米氏向有初稿秘不示人的習慣，布魯日的《聖母與聖子》之作，就曾為此跟贊助的主教鬧翻。Baerveldt這個*Pieta*，通過連綿持續的影像，讓我們看到攙扶、倒下，再攙扶的整個過程。趣味就在過程。到頭來泥塑下塌、瓦解，熒屏空寂，好像徒勞了。她其實否定了不朽的迷思；我們熟悉的經典，必須重新閱讀，重新解釋。

2002年11月

在環球劇院參演莎劇

　　寫下這題目，自己也不覺失笑。別認真，人生不過是一台戲罷了。今年夏天我在倫敦泰晤士河南岸莎士比亞環球劇院看戲，覺得是難得的經驗，儘管我其實並不懂得莎劇，但看戲時感覺跟莎翁從未如此接近過，而且，竟有參加演出的錯覺。

　　這環球劇院是重構當年演出莎士比亞四大悲劇，以至《裘力斯·凱撒》、《暴風雨》、《奧塞羅》等等名作的劇院，莎士比亞不單寫，還參加演出，自己更是老闆之一；原劇院如今當然已不存，新的環球就建在原址附近。

　　不過，曾經先後有過兩個環球劇院。伊利莎伯朝早期的戲班，寄寓在客棧裡表演，表演場地當年叫playhouse，演員則叫 player，直到1576年才出現獨立、專門的劇院，第一個果然就叫「劇院」（Theatre），而且是露天的，建在倫敦城外北面市長管不到的繁忙大街上；另一說第一個獨

立劇院應是「紅獅」（Red Lion），時間推前為1567年。無論如何，環球是青年莎士比亞從故鄉來到首都混跡，經過學徒階段，從此落腳的戲班。其後二十年間，「布幕」（Curtain）、「玫瑰」（Rose）等等相繼落成，可見戲劇發展之盛。

十六世紀九十年代，「劇院」的租約發生糾紛，業主拒絕續約，班主兼演員詹姆士·伯比奇（J.Burbage）不得不轉移陣地。最初移師「黑袍僧」小劇場演出，從室外重返室內。他們其實從沒有放棄室內，尤其在冬季。但這次卻被富鄰投訴破壞地方安寧，弄得龍蛇混雜。是的，當年的戲子，社會地位卑微，大抵比流氓無賴稍勝，卻也不當是正經人家。貶斥他們最力的，是清教徒，他們進佔了市政府，所以多年後當清教徒執掌政權，終於全英禁演。其實演戲的地方，從來就不純淨；劇院內外，照例品流複雜，而演出也良莠不齊。儘管如此，戲劇，卻是雅俗共賞的娛樂；王侯貴族也喜歡。歷史證明，它不單是娛樂，並且可以產生偉大的藝術。可是當年職業演員為了演出，卻不得不寄生在權貴名下，成為「海軍司令侍從」，不然就是「宮廷大臣侍從」——後者，正是莎士比亞所屬的戲班；女皇死後，詹姆士一世登位，則稍稍升格為「皇帝侍從」。伯比奇未幾過世，而租約的官司又沒完沒了，他的兩個兒子把心一橫，率領十二名大漢，從「劇院」拆下木材，搬到泰晤士河南岸，請得著名建築師彼得·斯特里特

（Peter Street）設計，無懼對手「玫瑰劇院」不過五十碼之距，建成「環球劇院」。

這是第一個環球劇院，時當1599年。這種循環再造，接生了英國戲劇史上前所未有的創造力。為了集資，兄弟倆讓困難時不離不棄的幾個主要演員入股，莎士比亞遂成為股東之一；這時候正是他創作生命的黃金期，傑作源源不絕。他自己顯然也從未絕跡台前，比方在《哈姆雷特》裡扮鬼，在《如願》裡演老阿當；甚至在本・瓊生（Ben Jonson）的一齣戲裡掛頭牌。但在台前演出，他似無大成就。莎劇的主角不是莎士比亞本人，而是伯比奇的次子李察。有人一寫回顧文章，就把自己放到舞台的正中，抓來幾個甘草，再小丑化其他；可大多數人演自己的戲，總會嫌演得不好。莎士比亞的劇作生涯二十年，幾乎每年寫兩齣，且不論成績，他的勤快已相當可觀。而戲，從周一演到周末，儼如上帝創造天地；而且天天戲碼不同。演員和觀眾看來關係密切，許多都彼此認識。大抵由於戲劇活動頻繁、緊張，莎士比亞也就近住在環球所在的南華克（Southwark）區。這一區最多長途旅商寄寓，此外聚居的是市販、工匠，以至三教九流。到處是妓院；連帶派生的監獄，竟也有五所之多。既市井，又有活力，可以為演員、劇作家不斷帶來新消息、新刺激。

南華克左面靠近倫敦橋，這是當時泰晤士河唯一的橋，建自中世紀，莎士比亞坐船之外，大概經常賴以來往

兩岸。兩邊橋頭的入口鎮日高懸斬下示眾的賣國賊頭顱，大家見怪不怪。莎士比亞也見怪不怪，不過在《亨利六世（二）》裡，他寫傑克·凱特曾下令暴民一把火把橋燒掉；可以的話，連倫敦塔也別放過。右面呢，則斜對彼岸的聖保羅大教堂。教堂不久前舉行過西德尼爵士的盛大葬禮；更重要的，附近有熱鬧的書肆，劇作家固然可以買，買不了，可以借。現在靜下來想想，當年的南岸，既有盛開的玫瑰，不久之前又建成了美麗的天鵝（Swan），一定好戲連台。玫瑰是「海軍司令侍從」的基地，以演出馬羅的戲為主，我們彷彿可以聽到英年早逝的馬羅以雄偉、堂皇的抑揚五步格無韻詩體，對海倫的頌歌：「就是這張臉使千帆齊發／把伊利安巍巍城堡燒成灰燼的麼？」而不太遠的另一個新劇場，則見證了莎士比亞串演英國皇朝盛衰的歷史劇，打破「三一律」的限制、打破悲劇喜劇嚴分的清規，並且把無韻詩體發揚光大。

今天的倫敦南岸，好像又回復青春的朝氣。新的環球之外，又建了最受遊客矚目的摩天輪「倫敦眼」，更有上演新舊藝術的南岸藝文中心、水族館、達利的巨型雕塑展覽館、Imax立體電影館、像大毛蟲那樣的滑鐵盧火車站，環球的旁邊是新泰特現代美術館，以至科士打的浮橋。再走遠些，則有設計博物館，展覽了各種後現代的椅子，而且歡迎試坐；我逐一試過，自認後知後覺，並沒有特別舒服的感覺。別失望，在另一層樓無意中會遇上富勒的球形

新環球舞台（上圖）、新環球劇院

建築設計展覽。我想，從藍貝斯（Lambeth）區開始，直到南華克區，沿河散步，可能是全倫敦最愜意、愉快的了。尤其是傍晚，從花園博物館走下河堤，不多久就經過聖湯馬士醫院，內有南丁格爾的博物館，向前走，一直走，穿過隧道，看見那隻慢慢轉動的巨眼，眼下是達利荒誕戲謔的青銅飛象。累了，就在面河的靠背大椅上歇歇，看河面上，海鷗悠然翻飛，看郵輪的甲板上乘客手持酒杯，既樂於看人也樂於被人所看。也許泰晤士河道較寬闊，兩岸多一點餘裕吧，並無巴黎塞納河那種繁忙熙攘，轉瞬浮華的感覺。然後再走，看來要加快腳步，因為戲快要上演了，遠處不就是那座莎士比亞形象而親切地稱之為 "this wooden O" 的環球？

環球演了多年好戲之後，1613年演出《亨利八世》時因為利用彈藥不慎，茅頂首先着火，轉眼全院付諸一炬。當時的觀眾，説來不太可信：足有三千人，迅速從兩個出口疏散，只有一人受傷。戲當然要演下去。翌年第二個環球在原址重建，木房子的茅頂改為帳篷頂。但莎士比亞從此再無新作；三年後，在故鄉逝世。

從舊環球到新環球，四百年過去。新的環球，於1997年落成，總結了考古發現、文獻，以及當時外國遊客對其他劇院的繪圖，是盡可能仿舊如舊。而且劇院之外，還包括了展覽館、圖書館、教育與研究中心、咖啡廳等等，合稱為「莎士比亞環球中心」。但整個重構，從意念、推

動，到落實，不來自莎士比亞的直系英裔，而是一位美國表親：撒姆・溫納梅克（Sam Wanamaker）。英國人也大方地給予應有的表揚。果如瓊生詩云：莎士比亞不屬於一個時代，而是所有時代。他不屬於英國，而是各國。新劇院最大的特色是，回復木構、水草的茅頂。倫敦自從1666年大火，已禁絕以茅草蓋頂的建築，新環球乃成唯一例外。樹木跟水泥是不相同的，樹木有生命，會呼吸。什麼樹木呢？主要是榆樹。榆樹會隨不同的季候或舒放或收藏。然則整個劇院不啻一座有生命的戲台，會移動，會思考。而且，試敲敲它看，還會說話呢。

環球的牌徽是赫鳩力士肩負地球，志氣不凡。整座建築，從上面看，像漏斗；下面看，則作圓球狀。原型可能來自古希臘露天劇場，再揉合客棧室內搭建的天井舞台。環球如此，玫瑰、天鵝也大抵是這樣。格局一定，百年不變，直至灰飛煙滅。院裡座位分三層，可容一千五百觀眾。舞台最有趣，離地五呎高，伸展出去幾乎佔去一半地庭。地庭的觀眾，並無上蓋，而且要站立，仰看。台上兩旁保留兩支大柱，撐起一個小茅樓。三面舞台，兩側的觀眾，無論立坐都只能看演員的側面，更往往受木柱所擋。台上的閣樓是樂師、歌手的座位。看戲前的一個早晨，我曾進場參觀，看見一位歌手在樓上清唱綵排。樓上也是舞台的一部份，比方演《羅密歐與朱麗葉》時，朱麗葉就在樓上憑窗跟羅密歐演著名的對手戲。此外，樓上也坐觀

眾，往往是特別嘉賓，他們只看演員的背面，跟觀眾則面看面，結果被看多於看。他們之中必然有一二位尊貴的劇評人，看完了，就發表一二篇角度詭異的《莎劇的背後》。台上沒有佈景，演員不帶麥克風，從台上兩個出口進場，從台上演到台下。有時，忽爾在台下觀眾之間出現，演上台上。

伊利莎伯時代的人把劇場當是世界的徵象，台下是地獄，台上是悲喜交雜的人間，舞台的上蓋天花則是天堂。我當晚以為早半小時入場，得佔較佳的位置，豈知早已站滿了人了。我擠在六百人的地庭之中，不，應是地獄之側，面前正是其中一株高大的榆樹。有人從大樹後轉出，又從大樹後消失，更多時候，彷彿兩株大樹在對答，或者各自獨白。但，並不妨事，不過一場戲罷了，台上種種是四百年前的戲擬，台下何嘗不然？

但時代分明不同了。台下的觀眾，大部份是慕莎翁之名而來，心懷崇敬，與其說來看戲，倒不如說他們也在參加演出，扮演莎士比亞時代的觀眾；只可惜時移世易，讀莎劇然後看莎劇的，都是知識份子。於是同樣的戲，台上演的固然有別，台下的，尤其迥異，簡單地說，是戲路變窄，統統只能演斯文、有教養的看官。他們本該坐在宮廷座上，而非在環球台下。不管怎樣，大家全情投入，盡力演好自己臨時的角色。可是，劇院之外，仍是現實的世界，比如說倫敦的天空吧。除了中場小休，我站在地庭上

差不多三小時，是適逢皇太后生日之故，抑或精神恍惚，不多久老聽到飛機聲，甚至直升機聲。這絕對不是莎士比亞時代的audience能有的耳福。

　　英文這個 audience，強調的是聽覺，儘管事實上耳朵和眼睛何曾分家，側重有別而已。在環球裡看不到，不妨事——看到，也可能是不同的角度，最要緊還是聽到。以往的觀眾，喧囂吵鬧，一邊吃喝，一邊談笑，有為做買賣而來，有為交際，總之豈肯乖乖的聽你演說？你必須重重複複，變換策略，說了再說。這也許可以理解莎士比亞的語言何以往往排偶那樣，同一意思，卻不斷反覆，玩弄文字趣味。在重複裡，庸手生產廢詞冗語；高手呢，卻創造豐富與深化。試以《哈姆雷特》那頭鬼魂為例：鬼魂向哈姆雷特揭露自己實為親弟毒弒，他說「聞到早晨的氣息，要把話說得簡單些」，實情如何呢？他仍然把毒藥發作的情況，細緻、重複地描述。別忘了這角色曾由莎翁自己扮演。而且，由於佈景抽象，場景不得不借重語言描摹，針對的是聽眾，而不是觀眾；劇作家要逗引大家的想像，像《亨利五世》的開場白所云：「發揮你們的想像，來彌補我們的匱缺吧，……憑著那想像力，把他們（演員）搬東移西，在時間裡飛躍，叫多少年代的事蹟都擠在一個時辰裡。」所以莎劇演員，也無不精於道白，吐字清晰。

　　然而，要是環球當年的觀眾看戲時盡可以隨意走動、嬉笑吃喝，甚至跟台上的演員談話、對罵，那麼沒有理由

不可以或坐或臥吧。《亨利八世》尾聲，不是說過「有人到此來休息，／ 睡上兩小時」？觀眾如果不集中，那只怪你的戲不能吸引他。可如今並不是這樣的，當年地庭是站著看，如今就不許坐。我身旁一位老先生站了半場，反正站在最後排，反正視綫受阻，就背靠樓梯，終於索性滑坐在地上。可是很快就有工作人員出現，通常是女性，要他重新站立。即使你看來並不妨礙其他人也不行，因為你破壞了遊戲規矩。老先生聳聳肩，這樣的戲我不玩了，向著出口走去。現在告訴你，那是什麼的一齣戲："*The Two Noble Kinsmen*"，莎翁最後之作，跟弗來徹（Fletcher）合寫，改編自喬叟的《坎特伯雷故事集·騎士的故事》。據說年輕人的戲由弗來徹執筆，老年的呢，由莎翁負責。不知他目送老先生離場時有什麼想法？

2000年10月

濟慈與時裝

一

少年時看《羅馬假期》（*The Roman Holiday*，港譯《金枝玉葉》），最感興趣的，是電影的外景羅馬，尤其是西班牙石階這麼一個地方：男主角在此佯作巧遇「逃學」的公主。愛情故事發生在意大利裡的西班牙，結合得天衣無縫，浪漫到了毫巔。至於其他情節，我再記不起來。我一位長輩看見當年的柯德露夏萍（Audrey Hepburn），驚為天人；從此成為夏萍迷。許多年後我才知道西班牙石階的另一邊，其實住過一個英國大詩人濟慈，樓宇就緊靠階下的右手邊，四層高，有個狡黠的名字：「小紅屋」。年輕的英國詩人渡海來此養病，以為意大利的氣候會比較適合；可能也受不了祖國評論家對他的惡評。結果一病不起。濟慈來了，更浪漫的雪萊當然也要來訪。雪萊曾這樣描述濟慈長眠之地：「想到死後可以歸葬這麼甜美的地方，不禁愛上死亡。」頗有不祥之兆。他沒多久淹死在地

中海，骨灰轉輾遷移，同樣收葬在羅馬新教墳場，跟詩友永久結鄰。雪萊在給友人信中提到過，長期與拜倫爵士同住，令他黯然失色，不能再寫詩，彷彿「日照熄滅螢火」。如今轉而跟另一位也許更出色的詩人作伴，永久地作伴，詩興又如何呢？不過濟慈如果是「日照」，也不會是當頭日式的暴烈，而更像晨熹微明，和氣可親。他在意大利的紅屋小小，時間也甚短，前後蒞臨的就包括拜倫、歌德、柯立治、白朗寧夫婦、王爾德、喬伊斯等人。如今成為濟慈及雪萊的紀念館，也是浪漫派詩學的圖書館；經常舉行小型的講座、座談、詩朗誦。

於是再借來《羅馬假期》的錄像，只見夏萍清純明麗如昔，可是鏡頭根本並沒有掃描那位詩人的故居，他同樣年輕，而且不會老去。但電影中女主角在渴睡裡背誦濟慈的詩句，男的更正她，那其實出自雪萊。顯然誰也忘不了濟慈，把不是濟慈的東西也當成濟慈。濟慈只活了二十五歲。他的意大利之旅其實只短短幾個月而已，最後留下自己的名字用水寫的遺言。

西班牙石階建成於1725年，位於羅馬中心，作為教堂與埃及方尖碑的引道，這些都高懸於石階之巔。小紅屋也在同年落成。濟慈在肺病沒有發作時，往往和結伴而來以便照顧他的畫家朋友塞佛恩（Joseph Severn）拾級而上，往教堂去。香港的粵人會友，喜歡上茶樓，當茶樓是會客室；意大利人則來到廣場，廣場是客廳的延長。因為石階

有趣，自上而下，越走越寬敞、開揚，成為意大利人和遊客在廣場之外，另一個聚會、聊天的好地方。石階是天然的座椅。一到傍晚，就坐滿了人，尤其是年輕人，尤其是年輕的情人。他們可以坐一個晚上，觀看其他遊人，也自覺地讓人觀看。石階下面不遠是一個小噴水池，再過去則是各種各樣的名店。這些年輕人未必看過《羅馬假期》，未必知道夏萍裝，那種不假染色的清爽短髮曾經流行一時，唉唉，那已經是「美語殘片」了；他們可能知道濟慈，卻未必知道就近有他這麼的一個故居。

<h2 style="text-align:center">二</h2>

今夏在羅馬，晚上看電視，才知道西班牙石階已變成了時裝表演的舞台。往往是歌手和舞蹈員在石階載歌載舞一番，然後輪到身材高挑，衣着花哨的男女模特兒出場。他們逐一從石階上搖跩而下。從高處下臨的，遠鏡所見，不是天使，毋寧像一個個流動的雕塑。他們時而凝定，單手叉腰，這，果爾是雕塑了。又時而揭開外衣。階下鋪成小平台，加了好幾行座椅，衣香鬢影；他們也在表演。兩邊則是電視台的攝製隊，射燈在鷹架上照射。

這石階成為戶外catwalk場地，真虧意大利人想得到。我懷疑靈感來自大小花貓軟步下石階的情景。意大利，尤其是羅馬，幾乎無處無貓，教堂、廣場、沒有水的噴池盆

上、餘下小半截的羅馬圓柱上，總見牠們或瓷磚那樣閉目養神，或互相追逐耍玩，對人友善，但同樣冷漠，呼之不來。羅馬以花貓做模特兒的年曆，年年新款，而且長毛短毛，什麼模樣都有，牠們也好像穿上各式時尚毛衣。狗走路時像雜文；貓，像詩，如果不是為了覓食，大多時候沒有固定的方向，即使有，也很善忘。貓步，無不優雅好看：首先前腿貼合，頭肩前伸，屈身打一個呵欠，然後再碎步向前，走著走著，漸漸蹦蹦跳跳；渾身柔軟、自然、順適，妙在並不矯揉造作，並不自覺。王爾德當年曾比較意大利、法國、英國等地的模特兒，認定意大利的最美。問題在，都太自覺。說來矛盾，不開屏的孔雀，只像平庸的火雞；開屏了，羽毛伸展，來回躞步，我們又嫌牠不可一世。

三

要模特兒從西班牙石階走下來，真絕考功夫，步道由狹變闊，卻是由上拾級而下。他們看似漫不經心，如履平地；實則小心翼翼，如踐薄冰，特別是女的都穿上三、四吋高跟鞋，入字步來，左右款擺。一次一個美少女幾乎摔倒，驚魂失措，連忙站定身子，處驚不變，繼續下台。觀眾始而驚呼，繼而大力鼓掌。這是喜劇。這女孩，大抵成為翌日報章浮華版的頭條。於是又不免教人狐疑，這其實

也是表演之一。不過，倘一再如此，就成為鬧劇了。我們想到犬儒的天鵝之喻：水面上雄的是紳士雌的是淑女，水底下呢，紳士淑女的雙掌可是狼狽地力扒。而羅馬的炎夏氣溫高達攝氏三十多度，加上強烈的燈光集中照射，個個顯得油光滿面。幸好演出的雖是秋裝，模特兒穿的泰半比花神更少，比大衛稍多。

想來人類真是奇妙的動物，試一種新藥，先用白老鼠；宇航，先用黑猩猩；新衣麼，卻大膽嘗試，什麼都披掛到身上，而且要挑披掛得好看的人皮衣架。是的，不過是皮外之皮罷了，又不連肉的。誰會再關心你去年掛的舊衣？不單不關心，更像蛇皮那樣盡早把它脫掉。每一個臨盆的新生，為了取得未來的生存權，都要提前弒父。

何況時裝表演這回事，觀眾既要看它穿什麼，又要看它沒穿什麼，虛虛實實，虛實相生。觀眾的眼光，從那穿了什麼的地方開始，一路追索，最後就停留在那沒穿什麼的地方。關節眼即在那既現又隱、有無之間。仿濟慈《希臘古瓮曲》云：「看見的衣服固然美，無所看見的／卻更美」。但完全不穿，無端降臨一個以天地為棟宇以屋室為褌衣的劉伶，落了片白茫茫大地真乾淨，反而是毫無想像的反高潮。所以時裝設計固然有西式油畫的密實，層層堆疊；更多的卻是中國水墨，要留白，因為計白當黑，要解衣般礴，要氣韻生動，要經營位置。中國畫還發展出與畫作相適應的裝裱藝術，如扇面，如手卷。成功的人皮衣架

則像貓那樣，可以把身體放大縮小；是衣服穿她（他），而非她穿衣服。

四

　　別以為我一直對時裝不懷好意，不是的。我無非觀眾之一，覺得衣服一如建築，復古也好，現代也好，後現代也好，不能光看外表，還得走進內部空間，領略個中冷暖，能令人感覺舒服，樂於久居才好。我更沒有認為這是文明的洋惡趣之意，因為，倘是惡趣，則吾國古已有之了。比方今夏上路時，順手帶了本《顏氏家訓》，讀到南朝士大夫競相搽脂抹粉，香料熏衣，肉柔骨脆，就不禁失笑。顏之推還寫了一位縣官老爺看見驢子當老虎，嚇個半死。漢人纏足的惡習，始自漢末，至魏晉而漸盛，所謂蓮步纖纖，可見catwalk，由中國人始創，病在出於一種以女性作玩物的變態心理。

　　我對時裝，無論多麼奇多麼異，還是心存欣賞，見怪不怪。別忘了我們的第一個大詩人屈原，流放涉江，後世歷史家寫他形容枯槁，他可是這樣自述：「吾幼好此奇服兮，年既老而不衰。」然後細描自己的服飾。當然，索隱派不妨解讀成詩人「不同流俗」的寄託。詩人而不愛美，甚少。老詩人尚且如此，則英國浪漫時期那群年輕詩人，個個經濟拮据（雪萊尤其債務纏身，總在信裡向人借貸；

他的信，毋寧是「最不溫柔的藝術」），仍然無不靚裝麗服示人，也就可以理解。「美即是真」，這是濟慈名句。衣服真的是寄託。人躲進自己千挑百揀的衣服裡，無疑要踏實、牢靠得多。有些人則躲進食物裡、紅酒裡，乃成美食家、品紅家。更不要忘記中國一位當代小說家，在氣壓低迷，千人同腔，衣服一律的日子，恬退自守，把心事都寄託到服裝史的研究上。在心為志，發言為衣。藝術史裡豈能沒有服裝的篇幅？

論者謂時裝的變化，「遠看井然有序，近觀卻一片混亂」，所以時裝有史，有這樣那樣的史。不過，倘說「歷史事故並不介入，並不產生時裝式樣」，則不敢苟同。孔子表揚管仲，感歎要是沒有他：「吾其披髮左衽矣。」反證衣飾對歷史的作用。明末並沒有管仲，結果朝代改了，差不多三百年，漢人都要剃頭束辮，要穿清裝。清朝法令「留髮不留頭」，其實還有下文，下文是「留袖不留手，留裙不留足」。與此不同的是，趙武靈王胡服騎射，為漢人引進褲子，一改「上衣下裳」之習，也反映歷史與服裝的互動關係，改了衣服，反過來改變了歷史的轉逆。至於近來大家焦點所在的阿富汗，由於政權的更換，女子至少揭開了眼紗，可以重新讀書上課。這些，在在說明我們的服裝，其實一直受外來因素的擺佈，形而上如政治、經濟、文化、歷史，形而下如跨國的時裝企業。

還是濟慈有遠見，斷言自己的名字是水寫的。我們何

嘗不是水寫？是活水，由時裝賦我們以形相。肉身是父母賦予的，沒有太大的辦法；整容，充其量像改衣服，但往往愈改愈糟。唯有時裝，可以不斷替換，我們必須自己負責。當西班牙石階的時裝表演如火如荼，小紅屋忽爾張開一扇窗，鏡頭掃過一個身影，是唯美的濟慈、雪萊，抑或王爾德？

2001年12月

夜鶯與貓

一

　　濟慈在英倫漢普斯德（Hampstead）故居前的小花園，新植一棵小樹，其前身為一棵高大的李樹，濟慈的名詩《夜鶯頌》據說就在原樹下寫成。流雲、雲雀、夜鶯之類，自是浪漫詩人慣用的題材。夜鶯，華滋華斯、柯立治都寫過，但其實用心並不相同。最早的是柯立治的《夜鶯》，寫於1798年。詩從一個星月無光的夜晚寫起，然後聽到夜鶯的啼唱，「聽啊！夜鶯開始鳴唱／「最動聽，最憂鬱」的鳴禽！／憂鬱的鳴禽？啊，無稽的想法！／自然界並無所謂憂鬱」，柯立治繼而描述「憂鬱」云云，無非是夜遊人別有懷抱，愁牽禽鳥，於是「任何甜美之音，聽來都當是回響／他自己愁苦的故事」。夜鶯只是移情的工具；加上尋章搜句的詩人推波助瀾，乃成習見。他自己呢，可是覺得鶯聲充滿愛，充滿歡樂。「最動聽，最憂鬱」，原是米爾頓的句子。

這詩的對象是他當時的湖區詩友華滋華斯，以及華氏的妹妹多蘿西。柯立治說我們這群朋友另具才識，豈同那些拾人牙慧的詩人呢。可是，如果自然界無所謂憂鬱，又何曾有所謂歡樂？

華滋華斯的夜鶯則是無題的十四行，寫於1806年，前節寫夜鶯，歌聲高昂熱情、「烈火似的心靈」（引莎士比亞句子）；後節寫野鴿，低沉的歌聲隱沒於林間，再被清風發現。二鳥都歌頌愛情，但對比之下，他以野鴿平實、持久的歌聲更接近自己。這反映了他的詩觀，他好像說詩人有兩型，一種像夜鶯，另一種像野鴿。兩首詩，同樣是抗衡當時流行的浪漫詩風。

濟慈的《夜鶯頌》寫於1819年5月，是英詩讀者必讀之作。照漢普斯德當年的屋主查理‧布朗追憶，那年春天，一隻夜鶯在他們的屋子上築巢，歌聲婉囀，令濟慈大感愉悦；一天清晨，他從屋子裡搬來一張椅子，就坐在李樹下寫成。全詩八節，每節十行，下引最後七、八兩節，是詩人查良錚的翻譯：

7

永生的鳥啊，你不會死去！

飢餓的世代無法將你蹂躪；

今夜，我偶然聽到的歌曲

曾使古代的帝王和村夫喜悦

或許這同樣的歌也曾激蕩

　露絲憂鬱的心，使她不禁落淚，

　　站在異邦的穀田裡想著家；

　　　就是這聲音常常

在失掉了的仙域裡引動窗扉：

　一個美女望著大海險惡的浪花。

8

啊！失掉了！這句話好比一聲鐘

　使我猛省到我站腳的地方；

別了！幻想，這騙人的妖童，

　不能老耍弄它盛傳的伎倆。

別了！別了！你怨訴的歌聲

　流過草坪，越過幽靜的溪水，

　　溜上山坡；而此時，它正深深

　　埋在附近的溪谷中：

噫；這是個幻覺，還是夢寐？

　那歌聲去了：——我是睡？是醒？

二

　　濟慈在漢普斯德的故居至少有兩隻漂亮的花貓，其
中一隻友善極了，走到人前的腳下纏繞，拍拍牠的頭，
就自我介紹：貓貓。濟慈寫過一首十四行詩詠雷諾茲

（Reynolds）太太的愛貓；他在羅馬的最終住所新教墳場更成為各種流浪貓的收容所，有的坐在草地上，有的索性躺在墓碑上呼嚕呼嚕。泥土下面，愛貓的精靈當然不會介意。意大利人愛貓，英國人也愛貓，這種愛至死不渝。美國的馬克・吐溫說過，有一隻貓，才稱得上一個完美的家。

漢普斯德離市中心稍遠，我們坐的士來到門口，遇上幾位女訪客。一位老太太、一位中年女子、兩個十一、二歲的女孩——看來是中年女子的女兒。她們在門外，正要離開，見我們走來，老太太就在門外的對話機說：有日本人遠道來訪，可以提早開門嗎？原來早到了，還不是開門的時候。中年女子說；旅遊書上的時間可不是這樣寫啊。她手上的旅遊書跟我們的一樣；跑到其他地方，也老見同樣出版社的旅遊書。你們可以進來，先在花園裡坐坐；但開放的時間還要等半小時，對話機的另一頭說。大門自動開了，前面是一個小花園，再前面是一座新淨、白色，兩層高的樓房。我們對老太太解釋，我們其實是中國人，來自香港。啊，對不起，那麼你們也讀過濟慈。

這時，到來迎接我們的，就是那隻花貓，白底，背上這裡那裡披一塊塊黑毛；提早打開花園，看來牠比我們還要雀躍。花貓對我們熱情地招呼了一陣，再轉向兩個女孩。兩個女孩一直掩飾著羨慕的神色。老太太告訴我們，她們是美國人，是她的遠親；她自己呢是英國人。濟慈的

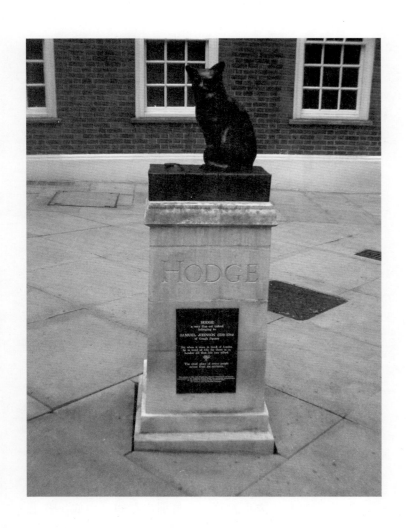

約翰遜的貓「洛奇」

詩很難讀啊，老太太一再強調：你們讀的是翻譯吧。兩者都有，我說。我想起查良錚的翻譯。當知道我們曾經到過羅馬，拜訪過詩人逝世前居住的小紅屋，而且探訪過他在羅馬的新教墳場，老太太問：墓地保存得還好嗎？一副為詩人難得知音，更兼年少客死異鄉而不勝淒涼孤苦的模樣。不可能更好的了，我說。

濟慈的墓在群墓之外，另外安厝在小山岡之上，單位獨立；墓上還有小畫像。旁邊，長伴他的是雪萊。而且，看來訪客不絕，插滿玫瑰之類鮮花，頗不寂寞。而且，而且有更多的大貓小貓。這墳場還葬了意大利的革命家葛蘭西，只是擠在墓群之間；但也許這樣，才符合革命家追求的理想吧。畢竟，兩位英國年輕客人最受厚待。很不錯的了，比他們生前的環境要好得多；當然，我說，漢普斯德這故居也很不錯，好像我反過來安慰起老太太來。

濟慈長臥在意大利的泥土下，也許倒會懷念起英國的天空（濟慈曾說，看見「快樂的英國，就心滿意足」，不過，「有時又會鬱鬱地懷戀，意大利的天空」）。王爾德曾參觀過這墓園，寫了一文，說墓在金字塔旁，這我一直記得，所以我在的士上一見金字塔就以為到了，馬上喊停。其實還有一段路要走。但王爾德投訴說墓上的畫像甚醜，根本跟詩人不配，然後，在文章末尾，他居然也寫了一首詩。以王爾德之才，可也不是凡關卡都過得了的；中國人說這是班門弄斧。

漢普斯德是濟慈在英國最後生活的地方，從1818年至1820年，在這裡寫出了許多重要的作品；也是在這裡，認識了稍後遷來，鄰家的少女芬妮‧布勞恩（Fanny Brawne），開始了短暫而溫馨的愛情，終於因為他的肺病轉壞而沒有開花結果。他以為意大利的溫暖天氣會改善健康，卻一去不返。我讀著方牌上的說明：濟慈就在這兒原本的李樹下寫成不朽之作《夜鶯頌》云云，想到懷念夜鶯的，一定還有那隻花貓。離故居開門的時間還有半個小時。回頭看，一個女孩已經把花貓擁在懷裡，不住撫摸。貓呢，也乖順得不得了。真是一隻很不錯、很不錯的貓呵，a very fine cat, a very fine cat indeed，另一個女孩說。牠在夜間搜索夜鶯時一定是另一副樣子。這時我瞥見另外一隻黑貓在樹叢裡閃過。

三

真是一隻很不錯、很不錯的貓呵，這原來是塞姆爾‧約翰遜的名言。許多年前讀到一位著名詩人翻譯的《約翰遜傳》（*Life Of Johnson*），其中一段提及約翰遜的一隻叫洛奇的貓。大師愛貓；可是為大師作傳的包威爾並不愛，少有地不愛，還少有地有點怕。一次他看見約翰遜把貓抱在懷中，「包威爾說」──這是譯文：「牠確是一頭很好的貓。」若干年後我讀到原文才弄清楚，說話者其實是約

華滋華斯的「鴿舍」（上圖）、濟慈故居

翰遜本人。這是不小心的錯愛。

這一年我到漢普斯德之前，先在倫敦參觀了約翰遜的故居，流連了好一回，然後在門口的小賣部翻看照片、書籍，無意中看出窗外，在樓宇之間，小小的廣場裡，不遠處兀立了那麼一座貓的雕像。直覺告訴我，這是洛奇，錯不了的。果然，我走到雕塑前面，洛奇原來是隻黑毛黑臉的傢伙，下面刻上約翰遜的話：「真是一頭很不錯的貓。」洛奇只在傳記裡曇花一現，可大師那麼一句美言，竟成不朽。為了表示謙遜，文人裡十之七八會表示自己的文章不好，至少還不夠好，可是有多少個會說自己的貓不是好貓呢？美國女孩跟我們一樣，到濟慈故居之前，一定也探訪過約翰遜，探訪過洛奇，而且同意，那真是一隻很不錯、很不錯的貓。

濟慈之後約一百年，英國著名政治家愛德華・格雷（Edward Grey）在《鳥的魅力》（*The Charm of Birds*）裡寫自己夫婦二人在英國到處聽鳥，描述一年四季裡不同鳥兒的叫聲，已感歎夜鶯漸少，元兇可能是貓的捕殺。漢普斯特的兩頭貓，濟慈是見過的；他在1819年底寫給弟妹的一封長信，曾提到戴克太太的兩隻貓，因為幾家人的房門經常打開，母女兩貓可以隨意穿梭，濟慈覺得不對頭，「我盤問過牠，我看過牠爪上的掌紋，我測過牠的脈搏，不為什麼──為什麼母貓跑到我這裡來？」濟慈盤問過那隻貓什麼，已經成為他倆的密語；但對貓來說，野鴿

的詩歌固妙，夜鶯的詩歌尤佳，清亮、悅耳，更易於追蹤。「你的快樂使我太歡欣──」，這是濟慈對夜鶯的頌歌，其實對正了貓的胃口。濟慈這封信寫了許多天，寫得沒完沒了，有趣的是，其中還提到初識芬妮，起初說她「美麗、高貴、優雅，又有點傻氣、趨時、古怪，我們不時口角幾句──她的行為有所改進，不然我一定早已逃走了」，許多天後，同一封信裡，他對她仔細地評頭品足，語帶揶揄，卻表現了很大的興趣。他從她的高度說起，然後是頭髮、鼻子、嘴唇、側影、正面、胳膊、手掌、行為……他像一隻貓那樣觀察她，並且像一隻貓那樣，表示對牠的獵物沒有興趣：「我被迫用『輕佻女子』這個詞來形容她」，又說「對這種作風我可是有些煩了，不想再多領教。」這封信從年底寫到另一個年頭，如果再寫下去，半年後，恐怕就變成一封芬妮頌了。因為他在七月間再提起芬妮的時候，就是寫給她的一封情信。《夜鶯頌》寫於當年的五月，其中竟有這樣的句子：「而『美』保持不住明眸的光彩，／新生的愛情活不到明天就枯凋。」

　　但濟慈的《夜鶯頌》很難讀啊，老太太一直堅持：一定很難譯，譯得還可以嗎？門開了，她仍在這樣問我。可以吧，我答，但濟慈也是這樣讀聖經，讀荷馬的。忽然感覺對這話題我再無話可說了。

2003年10月

水上的名字

一

　　把名字寫在水上的，其實不是濟慈，而是華滋華斯、柯立治、沙塞（Southey）等人。名單擴大些，還可以加上德·昆西、華滋華斯之妹多蘿西、柯立治之子哈特利（Hartley），甚至可以包括最後長住湖區的拉斯金。但真正到了英國湖區，這才發覺英國這個優美的地方，應該也屬於創造彼得兔子的畢翠克絲·波特（Beatrix Potter, 1866-1943）；因為來到湖區，可能仍然不知華滋華斯等三位湖畔詩人，卻不大可能不知道彼得兔子、賓尼兔子、平小豬，以及他的作者波特女士。到湖區格拉斯密（Grasmere）訪華氏故居鴿舍的人不少；但到溫特斯密（Windermere）而坐船到小島，再接駁山羊車專門探望波特山頂舊宅的讀者更多，每年七、八月，在波特門外輪候預約的訪客，多得不得了。

　　這些乘興而來的訪客，大部份是小朋友，帶著他們猶

有童心的大朋友而來。華滋華斯說：「孩子是成人的父親（本意大抵回響了米爾頓的《復樂園》「孩子引導成人，像白晝引導黑夜」）」。波特與華氏晚差幾近一百年，她的作品，就是這種精神的體現，比華氏更真切。華氏用詩寫湖區的山水草木，波特根本就為孩子，以及為孩子成了年的兒子而寫，通過人格化的彼得兔子湯姆小貓等動物，融入平素的倫常生活，再加上她自己細緻端整的配圖，裡面也充滿湖區的山水草木，也充滿詩意。

二

　　波特女士出身富裕，但依靠寫作，不單掙得獨立的經濟能力，在二十世紀初，為自己買得一個當年英國女性作家夢寐以求的房子，一塊農田，一個龐大的企業，最後是湖區四千英畝的土地。我們知道，維多利亞時代的女子，事業和婚姻還沒有什麼自主權。波特女士取得經濟獨立，就連婚姻也取得發言權──她的父母總看不起她的男友，英國人那種勢利（snobbish），我們在珍・奧斯汀的小說裡領教過。年輕時，父母反對她和一位出版商訂婚。她不理反對，但出版商不幸在他們結婚前因病猝死。後來，到她和她的法律顧問結婚，又得經過漫長的游說、爭鬥，才取得他們的同意。那時她已經四十七歲了。父母希望女婿富而且貴，波特一家因經營棉花工業致富，卻奇怪地不接

受商人；然後到了自己暮年，就希望女兒待在身邊，自私地，可以照顧他們。她沒有爭取什麼的宣言，看來也沒有什麼激烈的行動，但她耐心而堅毅地為自己取得自由、自尊。她是不喊口號的女性主義者。

她從沒有正式入學讀書，這是當年英國富人的做法，寧願自僱家庭教師，避免子女學壞（她的母親又有潔癖，認為和其他孩子一起會惹來蚤子），他們當然不知道，學校的教育除了知識、技能的學習，還提供一種群體的生活，讓孩子學習如何待人接物，如何與他人相處，這要到人際裡實習，而自尊之外，還要懂得尊人，而自尊與尊人是互為因果的。

三

她只有一個弟弟，可說獨學而無友，所以她在十五歲少女的時代，內向、害羞，就自創一種符號語言書寫日記，把心事，都化成只有自己才能解讀的獨白。這種獨白，許多年後，當她不再是少女了，竟連自己也不能辨認，反而要靠一個深研波特的學者才得以解碼。原來這位湖區看似不吃塵俗煙火的童話作家，在孤獨的少女時代也是留心時事的；她筆下的倫敦，治安不靖。

她的朋友，就是兔子、牧羊犬，動物一大堆。尤其是弟弟入學後，動物成為她的異類知己。她和異類的友情，

終生不渝。她童話裡的動物，就來自她的生活。至於她的父親，打發時間的方法是繪畫。這也影響了波特，她為各種動物、花草寫生。她早年的志願，其實是要成為畫家。我在英國看過她好些配圖的原畫，畫得細緻傳神，表現扎實的素描功夫。客觀而言，如果波特只會繪畫，充其量成為三流的畫家；但她會寫童話，為自己的童話配畫，互相折射，這就產生化學作用，於是你覺得，沒有人會比她為自己的作品配圖配得更好。

四

二十世紀的七十年代，波特的作品已開始繪製成卡通電影，到了近年，更以鐳射光碟發行。這可不是她看到的，但如果一百年前也有這種技術，她也會想到，而且就會做到。她入世不深，從未入學，朋友甚少，但並沒有窒礙她的商業眼光，甚至可以說，對商機的敏銳，她先於她的時代。她毋寧是一個商業奇才。1901年，她的第一本童話，被出版社退回，最後自資出版，馬上成為暢銷書。她從此對自己的權益毫不讓步。她的書，從裝潢、設計，到售價，都要完全自主。平均每年兩本的小書，手掌那麼大——小孩子的手掌，而且薄薄的，小孩子都買得起，而且很快讀完，容易有成就感。尤有甚者，一百年前，她已經懂得把自己的創作，包裝成一系列的產品；她率先為彼

得兔子等註冊成為專利商標，另外製成各種玩具、用品出售。十多年來，我的兩隻花貓，一直就用彼得兔子的幾款瓷碟盛載食糧，早晚兩餐，牠們顯然都很喜歡彼得；但初買時，我根本沒有讀過彼得的故事，吾家兩貓，也沒有。

波特其後繁殖稀有的黑德威克山羊，又成專家，多次取得大獎。但別誤會她唯利是圖，不，她早就看到湖區的地皮有價，遲早會被商業開發、污染，於是不斷買地，積少成多，最後都送給國家基金；原來是為了保存湖區這個淨土。環保與商業，她居然能夠相輔相成。總而言之，她既是商業奇才、女性自尊自主的實踐者，又是環保先鋒；更重要的，她是一個出色的兒童文學作家，而這一切都得從彼得兔子開始。

五

那一年我在湖區旅行，本來是想看看華滋華斯的鴿舍，卻在湖區的各種小店總看到波特的小書，買一本看一本，充滿樂趣，發覺自己其實也沒有長大；妙在隨便可以放在褲袋，好快就翻完。後來到了以波特命名的商品店，索性買來全集。下榻湖畔的小館，在一個大雨的晚上，再從頭一口氣看完。清晨，鳥聲婉囀，空氣清新裡有一種甜味，心情愉快極了，於是繼續訪尋詩人的故居，走了好遠的路也不以為苦。於是也想到，何不也到波特女士的山頂

波特在山頂農莊，1913年

舊宅瞄瞄。

波特的童話，不少就以湖區，以至她的山頂農莊（Hill Top Farm）作為背景，比方農莊一度群鼠作祟，她就寫了 *The Rolly-poly Pudding*，這是她最好的作品。在 *The Tale of Samuel Whiskers* 裡的繪畫：鄉間的石路、屋內樓梯、地毯等，就是以山頂農莊作寫照。農莊的花園，也可見於 *The Tale of Pigling Bland*。

在童話世界裡，人和動物往往是打通的，是朋友、敵人，想像跟現實並無分界綫，例如《雅麗絲夢遊仙境》、《木偶奇遇記》等。波特的童話，基本上是動物的世界，不過「我」這個敍事者也偶然穿插其間，筆觸幽默，比方彼得和小本傑明兩頭兔子，加上一大把洋葱，躲在大籃子下，一頭懶貓走來，坐在籃子上，一坐五個小時，她寫：「我可不能畫出彼得和本傑明在籃子裡的圖畫，因為太黑了。」好像床邊童話，一定逗得在睡覺的小孩也格格地笑進夢裡。

六

波特這個「我」有時又會直接參與故事，跟動物對話。在平小豬的故事，「我」向豬大嬸投訴牠的孩子全愛搗蛋，只有平小豬例外，引出故事的主角來。從動物的角度看，人也有壞人，即是對動物不好的傢伙，例如麥格雷

戈先生（Mr. McGregor），據母親告訴彼得，這位麥格雷戈先生把彼得的父親放在餡餅裡吃掉。當然，動物也有不好的動物，像看來紳士似的狐狸、要把調皮的湯姆小貓捲起製成布丁的老鼠夫婦、因吃不到娃娃屋裡的各種美食，而大肆破壞娃娃屋洩忿的兩隻壞老鼠，等等；就連兔子也有野蠻、霸道的。但那兩隻破壞娃娃屋的老鼠，後來又願意為娃娃屋打掃。小女孩露茜總失去手絹等衣物，原來是被刺蝟太太偷去了，刺蝟太太把手絹等重新洗淨燙好，都送給了其他的動物。

她的童話，簡樸，口語，偶然加插幾句童謠——她出過兩本童謠詩集，對聲音、節奏特別敏銳；也少不得童話的溫情，但都充滿節制，並沒有安徒生那種悲慘，甚至濫情。概括而言，這些童話，都是她的原創，只有早期一個裁縫的故事，才近乎安徒生式：講一位又窮又老的裁縫，要為市長趕製衣服，他日夜趕工，就欠那麼一圈紅鑲邊絲綫。他病倒了，一群小鼠卻偷偷地為他縫好，令跟他生活的一隻大貓羞愧極了，牠老想把老鼠吃掉。這故事，裁縫可能還是別人的影子，大貓小鼠卻是波特自己的。

七

波特的童話並沒有乾巴巴的教訓，道理就寄寓在具體的故事裡，讓兒童體會；故事也沒有太匪夷所思的情節。

較明顯也許是那頭霸道、搶食的兔子，結果被獵人打掉了鬍子和尾巴。至於調皮闖禍、幾乎成為老鼠點心的小貓，牠的教訓是長大了也膽小如鼠。故事都各自獨立，但以彼得兔子為中心，大多環繞牠的親戚、朋友而開展；才二十一個故事，加上作者許許多多輕淡傳神的水彩畫，合起來，竟然成為湖區鄉村生活的寫照。那來自一雙看似尋常，但難得保持童真，又精通俗務，於是世俗可不能騙她的眼睛。這雙眼睛，見山是山，見水是水；但這山水，是渾然經過見山不是山，見水不是水之境而達致的。

稍晚於波特的吳爾芙希望可以有一個自己的房間寫作，到真正寫作，尤其是寫作書評，還得要和傳統男性的社會拚個死去活來，用她的話說，她必須手刃「房中的天使」，天使不死，則會鎮日在她的身後叨咕：要可愛，要溫柔，要講討好話，要騙人；因為你是女性。波特不必把自己矯情地武裝起來，已經可以反過來攻佔芸芸男性的童話世界，以至商業帝國。

波特經歷過兩次大戰，於1943年過世。今年則是她的誕生140年。她最好的作品，大抵在二十世紀最初的十數年就完成了。其後，作品漸少；只是舊作不斷重印。過世前，她已明列湖區的田產，交付英國國家基金。千禧年的時候，大英博物館舉行英國歷代詩人、作家的介紹，並分成若干主題。那是長長的一張名單；最後一位名字，是寫哈利‧波特的作者。但我想，這個波特如果可以和莎翁、

米爾頓並列，又和濟慈、華滋華斯同席，另一個波特，就不應該遺漏了，在英國文壇，尤其在這裡那裡芳澤處處的湖區。

八

彼得兔子的故事還沒有完，而且場景搬演到中國，令各方矚目，因為它成為首宗請求確認不侵犯商標權的案件。官司是這樣的：三年前中國社會科學出版社把波特的童話系列其中十九篇，譯成中文，分四本書出版，並沿用了作者原作的種種插圖、標誌，這是有見於波特女士於1943年過世，根據中國以至世界的著作權法，作者身後五十年，作品即成公眾之物，不再受著作版權的保護。可是譯書出版不久，卻被英國的出版社弗雷德克‧沃恩（Frederic Warne）經代理人向中國工商部投訴，並取得禁令；中國社會科學出版社更被罰款幾達人民幣三十六萬元。

這沃恩百多年來一直擁有波特女士童話的著作權，當初曾退回彼得兔子，見自費的彼得暢銷，才重收旗下，結果年年重印，可說掘了個小金礦。因為新讀者源源不絕，一批長大，另一批誕生。正是這沃恩家族其中一員當年曾跟波特訂婚，因猝死而不諧。在波特作品剛進入公眾領域（public domain）之際，這出版社一如狡兔，在中國經國家

工商局商標局註冊，買了彼得兔子各種各樣的圖形商標，換言之，著作權既已開放，就用其他方法佈防。果然，社科出版社因受罰而要把沃恩告上法庭，請求確認不侵權，北京市知識產權法庭的判決是：只駁回了原告在書面書背，以及書脊「兔子小跑圖」、「兔子小跑圖外加圓環」兩個商標的使用。禁兩個小圖，等於全禁了。

2006年9月

自畫像：藝術的創造

一

　　水和瘋狂的關係密切──這是福柯考察瘋狂史時在第一章裡小小的概括。他舉了尼德蘭畫家布希、布魯哲爾等畫作為例。在古代，尼德蘭（低地）包括比利時、荷蘭和盧森堡等地。福柯的瘋狂病例，當然不會漏掉梵谷。他偶爾提及梵谷，往往連結尼采一起講，卻並非引用畫家的作品，而是畫家自己。梵谷曾住精神病院，倘在古代的法國，異鄉的瘋子恐怕要被逐上瘋人船。他可不能畫畫了，要畫，就畫瘋人船，畫他自己；他自稱沒有模特兒就不能畫。

　　「他畫了一幅完全瘋狂的自畫像」，這是塞尚對梵谷自殘一耳後，把傷口包紮好，抽一口板煙，然後對鏡自畫的評語。對塞尚的話，我們也應該存疑。梵谷來自水造的荷蘭，荷蘭人和水的關係，比威尼斯人跟水要微妙得多。荷蘭人說：上帝造水，荷蘭人造地。在荷蘭造水，只是變

本加厲；造地呢，卻跡近無本生利。幾百年造地的成績，全國增幅甚多，但有三分一的土地低於水平綫；於是水壩愈伸愈長，綿延二千四百多公里。然後用風車排水。而阿姆斯特丹也像威尼斯，架起縱橫交錯的石橋（幸好沒有愈來愈勢利的貢多拉）；沿岸泊了許許多多住人的船，有一艘還住了不少原本流浪的貓；船主看來是個華裔。

　　但荷蘭人並不瘋狂，至少在嚴格的病理學上的瘋子，荷蘭不見得比其他地方更多。不過，在藝術上，據說一點點異於常人的行徑給自以為正常的人稱之為瘋狂卻不可少。荷蘭人的藝術成就卓越。在浮土之上（的確是浮土），出過像伯拉吉（Berlage）等建築大師，出過阿姆斯特丹學派。譬如在鹿特丹，遠遠看見布洛姆（Piet Blom）設計的小巧立方體住宅群，就令人雀躍：一個個的扭計骨子，顛覆了一般人對牢靠、安定的要求；對這類後現代建築，我通常都半信半疑。但進入內部瀏覽，才讚歎形式有趣，其實也可以愉快地久居。我也喜歡NBM銀行總行的大樓，外觀作不規則的斜綫，卻不失穩實、可喜。水是流動的，最忌死滯。到舊教堂尋訪倫勃朗太太莎斯姬亞的墓地，發覺教堂成為了前衛藝術家展出裝置藝術的場地。到聖經博物館，卻看到以攝影重新演譯耶穌的故事，耶穌和門徒，各種膚色都有，粗看像時下聯群結黨的遊蕩青年，這當然是誤解。新譯很精彩，我懷疑是否可能在意大利的天主教堂上演。

至於繪畫，荷蘭人更加了不起，油畫據說是梵‧愛克兄弟發明的，當南歐的意大利人仍以宗教、人物等為主題，這裡率先出現純粹的風景畫，而且在宗教之外，轉而描畫日常的生活。再寫下去，這篇東西大概就變成荷蘭頌了。我的確喜歡荷蘭，我還喜歡荷蘭足球，他們出過告魯夫、雲巴士頓。告魯夫那屆世界杯，輸了給西德，卻奠定了現代的「全能足球」。上屆世界杯在荷蘭舉行，荷蘭人以長髮、戴眼鏡的黑人球星戴維斯做標誌；那是球壇最突出的形象。許多年前，笛卡兒在這裡生活、寫作，就讚美這裡的自由開放，是作家的避風港。自由開放，顯然一直是荷蘭的精神。但自由開放需要勇氣，更需要寬容，這是荷裔通俗作家房龍在作品裡一再強調的主題。再開放些，就成為放縱。不免會有人認為這其實是放縱，代價是黃色業問題、毒品問題。是的，我並沒有忘記，一如其他地方，荷蘭自有它種種的社會問題，我在安妮‧法蘭故居附近閒逛，光天化日，目睹兩個人在買賣毒品，第三個人在看風，對遊人卻視若無睹。《安妮‧法蘭日記》的真偽，曾經討論過一陣，結果吸引更多的遊人。

陽光稀罕，於是荷人房屋的窗子特大，窗框眾色紛呈。臨河的屋窗互相折射，也反映河水，像畫；畫裡總有大大小小的鏡子，畫家有意無意地在鏡子裡出現。蓋在水上的房屋，地基不牢，於是有的東靠西攏，成為有趣的景觀。窗大，牆壁相對地少了，所以當南歐出現大量的

壁畫，這裡的畫，工筆，細密，便於懸掛，而且以造地的荷蘭人自己擔當主角。荷蘭人畫他們自己。四百年來荷蘭出過兩個無論質和量他人都難以企及的肖像畫大師：倫勃朗和梵谷。在荷蘭重新細看倫勃朗，而不是在其他地方，忽爾若有所悟，想到他那種背景黯黑，追求明暗對比的繪畫，可能源自十七世紀荷蘭室外尤其是室內黝黯的環境，也跟他一生鑽研的銅板蝕刻，通過黑白單色呈現有關。在德夫特（Delft）漫步，儼如走進弗美爾（Vermeer）那些小巧、寧靜的佳作裡，也好像開始明白普魯斯特鍾愛弗美爾的緣故：一個女子站在小屋的窗前讀信，另一個抱著瓷瓶向杯子斟牛奶；時間無勞追尋，因為根本沒有過去。

當然還有梵谷。在阿姆斯特丹剛好遇上梵谷和高更的合展，這是梵谷另一次藝術上的凱旋；許許多多分佈各國的作品都借回來了，包括倫敦和日本的《向日葵》，如今三朵並置，令人眼界大開，目為之眩。當年，他離開故鄉，走到巴黎，不僅因為當時的藝術家個個要跑到巴黎，同樣重要的是那裡有他追求的陽光，燦爛的陽光。他其實就是向日葵。晦暗的《食薯人》是在故鄉完成的，當他渴望更亮麗的色彩，就不得不求諸異鄉；到巴黎的陽光已嫌不足，他要向印象派告別，於是向南，更南，索性跑到法國的南部，要在那裡成立畫家之間公社似的「南方畫室」。克里斯（E.Kris）和庫爾茨（O.Kurz）合著的《藝術家的形象：傳說、迷思和魔力》（*Legend, Myth and Magic*

倫勃朗自畫像，1629年

in the Image of the Artist)，寫文藝復興時期大師的形象其實是後人東拼西湊編造而成的，在編造文化英雄的出身時有兩極端，一是大師出身平凡，然後流露天賦，再自學成材；不然就聯繫到另一名家去，成為系譜序列的一員。梵谷並不喜歡畫院，也不見得早慧，他是刻苦自學的典範；倘要為他找一個名師的系譜，當無過於同鄉倫勃朗。倫勃朗是他最早學習的對象，他最後的畫，又回到倫勃朗那裡，向這位前輩致意。

二

倫勃朗生於荷蘭十七世紀的所謂「黃金時代」，這時代的職業畫家，失去宗教、權貴的庇蔭，轉而跟平民、畫商周旋，不得不在商業與藝術之間掙扎。倫勃朗早年賣畫賺錢不少，住過豪宅，但由於不善理財，揮霍無度（例如見好畫就買，不管價錢多高）；加上生活紊亂，官非纏身，結果負債纍纍。他替買主畫像時又硬是不肯順應要求（那幅顛倒日夜的《夜巡》，到頭來那些出巡的群像沒有多少個肯如數付賬，因為分「像」不均），到頭來那些附庸風雅的僱主都跑光了。他的缺點——如果是缺點，完全符合後人為藝術家塑造的形象：不肯隨波逐流，不通世務。傳奇最後的一筆是：這麼一位生時荷蘭無人不識的大家，身後卻寂寂蕭條。老天讓他畫名早顯，這是他比梵谷

幸運的地方，另一面卻不派他一個可以依賴的畫商弟弟。他從未離開過荷蘭，另一面卻練就分身之術，散居列國，被奉為上賓。我是說倫勃朗的肖像。他畫他自己，一生畫了許多個倫勃朗，至少四十幅油畫、三十五幅蝕刻銅板，從青年、中年，到老年，不同時期的倫勃朗，輾轉分散各地，成為畫史上曝光最多的人物。

一個人長期審視自己，研究自己，然後用畫筆，用銅刻表現出來，他本身就是藝術。有些人一生在述說自己，用詩、小說，用散文，甚至用論文；用各種各樣的形式加工，可沒有畫家，後來是其他自拍的攝影師，那麼直接。他並沒有美化，甚或神化自己（這方面，令人印象最深刻的是德國丟勒1500年的自畫像，他以強烈的宗教熱情，把自己畫成看來像救世主耶穌）。他往往直視觀眾，臉面稍胖，相當健碩，有點俏皮，但鎮定、安祥，毫不靦腆。在鏡子之前，面對這個「異己」，一般人難免裝模作樣，尤其是這個「異己」正要示眾。文學藝術家對待自己，也難得有這種分寸；就像那許許多多未下筆已打算發表的日記，其實好歹在自塑讀者怎樣看的形象。倫勃朗畫的是自己，可他把這個自己當是原料，是題材；穿上不同的戲服，扮成各種身份。這個模特兒隨時可畫，任你自己擺佈，要畫多久就多久（塞尚畫太太時就埋怨他不過畫了幾小時，她就不肯乖乖坐定），而且不用花錢。年輕時，他研製銅板畫，就用自己的臉孔做情緒練習，擠眉弄眼，時

而大怒，時而苦笑。他大部份的畫，包括以宗教為題材的作品，總把光綫集中到主要人物身上，從而產生明暗的對比、層次，用的就是舞台演出時照明的方法。拿演員來比較吧，他再胖些，看來會像英國的查理士‧羅頓（Charles Laughton），但年輕的朋友恐怕不會知道是誰，後來我才知道，查理士‧羅頓在1936年的確演過《倫勃朗傳》，可惜電影拍得很糟；鼻子再誇張些，就像近年演過《大鼻子情聖》的法國演員謝勒‧狄伯度（Gerard Depardieu），年輕的朋友要是也不知道是誰，那可沒有辦法了。不如倒過來說，他們像一位偉大的荷蘭畫家，誰？倫勃朗。倫勃朗一直在自編自導自演。不過無論怎麼演，最重要的角色始終是倫勃朗自己。

倫勃朗早期畫過一幅《在工作室的畫家》（1629）。畫架斜立在右邊的前景，畫的是什麼我們看不到，畫家是一個年輕人，站在畫架稍後的左邊，眼神有點迷惘，似在凝視著畫板，又似在看著畫外的觀眾；手上是調色板。畫架比畫家大，畫家不是以一種君臨的姿態，相反，他退後幾步，在構思，在審視，面對他的事業，他的觀眾，他正在開展的旅程，有所期待，也有所困惑。背景是寥落的房間，牆壁有點剝蝕，沒有什麼裝飾。畫家穿得略嫌臃腫、寒傖，顯然不是真正便於工作的服式，他毋寧是在演出：一個還沒有名氣的窮畫家。這是倫勃朗自己。倫勃朗也許並不自覺，其實他是這樣開始訴說一個畫家的故事：還沒

有名氣，不打緊，最重要的是他要向大家宣示，他畫家的身份。想深一層，這是一幅逆向的畫：把我們對畫的興趣轉向畫家本身。畫家反客為主，成為能指，而主客交錯穿織，成為引發各種傳譯的符碼。

我們對自畫像的興趣，往往來自畫家的名聲、成就；畫與畫者，彼此作用，互為因果。畫家得借重鏡子來觀看自己；這是倫勃朗的「鏡子階段」。他的名字，打從他自故鄉搬到阿姆斯特丹後，好快就無人不識；他取得了市裡好些重要的畫約。其後同樣的自畫像，倘有畫架，可都退到一邊去，畫家走到面向觀眾的前台。

梵谷是另一個畫了許多自畫像的畫家。他最有意味的繪畫對象，就是他自己。當梵谷開始繪畫的旅程，他最初的自畫像，就是模仿二百多年前倫勃朗手持調色板的自畫像，一樣的構圖，畫架在右前方，畫家在左後方，但大小相若；相比於後來的自畫像，梵谷罕見地穿戴整齊的大衣，彼「磨坊之子」穿得像窮小子，此農村之子反而穿得像知識份子。畫家把背景完全略去，看來要堅定、專注得多（1886年）。兩位荷蘭大師彷彿在訴說同樣的故事。不同的是，倫勃朗即使在生活最困頓的晚期，自畫像也有一種戲謔的成份，從沒有流露凌厲的眼神。梵谷面對畫板，總像要決鬥，一副你死我活的勁頭。也許時代不同，畫家的社會壓力愈大，尋求認同也愈迫切。

三

提奧：

親愛的弟弟，儘管你已經和我在聖雷米永遠結鄰，我還是喜歡提起筆來給你寫信，像過去那樣，用畫筆抓住我看到感到的色彩之餘，我唯有在書信裡才能夠暢所欲言。

我曾經說過，畫家都會喜歡陽光燦爛下的南方繪畫，那是一種跟北方截然不同的色彩。我現在還想補充一句：曾經錯過我們的觀眾，都會喜歡我們在當地的繪畫；而且我們會帶引他們，到巴黎，到阿爾，到聖雷米，而且來到我們的故鄉。是文學藝術逗引他們認識、追尋一個個地方。他們有的來自歐美，來自日本。這次回鄉，我看到愈來愈多的日本人。記得我們想盡辦法搜集日本的繪畫嗎？他們的構圖，例如在對象的前景畫一株櫻花烘托；對顏色簡化的運用，採用平塗，加強線條的表現力，寥寥幾筆就勾勒出充滿神采的風景、人物，趣味橫生，而不理會環境對色彩的影響，這些，一直令我和高更著迷。然後，我看到中國人，來自小小的香港。塞尚說過，要是我和高更仍然運用平塗的方法，就會畫得跟中國人一樣糟。原諒他吧，他說過了，多半又會對自己猶豫起來。他看過多少中國畫？見過多少中國人呢？我說過，沒有愉快、幸福的心情，是不能研究日本人的藝術的。我想，沒有同樣的心

情，也是不能欣賞中國人，包括香港人的文學藝術的。

　　但以為我和高更始終跟在葛飾北齋他們後面，恐怕也是誤會。離開了巴黎，我的用筆已經沒有一套固定的格式，比方我畫的這一幅果樹吧，我的筆觸看來很凌亂，畫布上的顏色堆得厚厚的，我要營造一種焦慮不安的效果。評論家說，這裡面有一種悲劇性……

　　但可以由此斷定這是「瘋子畫家」瘋狂的徵象麼？當我提起畫筆，我是清晰、果斷的，我明確知道自己追求什麼。弟弟，我常常因為找不到模特兒而發愁，所以我畫自己。但即使找到了，我還是在畫我自己。繪畫，毋寧是治病的方法。你當然明白我的意思。我們的一生，誰又不是在繪畫自己呢？不過多數的人畫得平庸，部份很窩囊，只有少數成為藝術的創造。也許我應該告訴你祖家的情況，這次他們為我和高更搞了個合展，從各地借來許多的畫。我們只在南方的黃屋相處短短兩個月，最後不歡而散，卻是我在藝術上的大豐收。對高更，這個可憐的野蠻人，何嘗不如此？這次我看到跟高更分手後他許多的作品。其中一幅靜物《椅上的向日葵》（1901年），令人感動。向日葵坐在椅上，意思不是很清楚麼？雖然那些向日葵並不是鮮豔地伸展，有幾朵甚至垂頭喪氣；左上角窗口一位大溪地女子的頭臉，背後懸著一隻斗大、神聖的眼睛。這是高更在大溪地貧病煎熬時對黃屋的回顧。他為藝術而放棄了安穩的職業、愉快的家庭。跟他比較，我的犧牲變得微不

梵谷自畫像，1886年

足道。

其實他們也應該把你請來，親愛的弟弟，沒有你的慷慨，我們不可能有這些收穫。

四

塑造一個畫家的傳奇，除了他自己，他的畫，還需要什麼呢？當我站在梵谷兄弟在奧維的墳前，開始思考這個問題。我看到他繪畫的小小教堂，教堂前巧妙地豎立起他繪畫的畫，讓追尋迷思的人比對；還有就近那一大片麥田，據說就是他一邊繪畫，一邊用獵槍驅趕鴉群的地方。我前後兩次來訪，都沒有看見什麼烏鴉，但烏鴉的陰影總揮之不去。彷彿真實的是畫，眼前反而是幻象。我當然更沒有看見那些扭曲得瘋狂的絲杉，伸向令人暈眩不斷旋轉的天空。那一大片金黃的麥田，橙黃，各種鉻黃，淡檸檬黃。而梵谷畫完了，忽爾用鳥槍向自己扳了一下。

我聽到天空裡一聲淒厲的回響。然後我站在阿姆斯特丹梵谷的展覽館裡，我重新梳理從繪畫，從傳記，從畫家與其他人的文字編織形成的印象。他短暫的一生只賣過一幅畫（不，有人說其實賣過兩幅，因為其中一幅賣到遙遠的俄國去了），儘管身後畫價卻屢創新高，賣到東京的《向日葵》，售價更是天文的數字。於是大家說，藝術家只有在身後才值錢。不，有人考訂說，這畫不是真

跡──這一次令日本人大驚。梵谷一向喜歡談論自己，可從來沒有提及這麼的一幅；而黃色的背景也較其他兩幅厚重。作者應該是高更的朋友許費內克凱（Claude Emile Schuffenecker），這畫長期存放在他手上，他擅於臨摹。畫的上幅的確有許氏改動的痕跡。近年科學鑑定進步，又證明不是假的了，關鍵在畫布。梵谷多數用亞麻布，讓個別沉重用力的筆觸得以更清晰；可這一幅用的是黃麻布，質地粗糙，必須全幅使用更濃厚的色彩。梵谷少用黃麻布，但不是完全不用，他其他若干作品即來自同樣的卷軸。高更在阿爾留下購買同一卷軸的記錄，這可能是借用高更的畫布，討他喜歡。高更蒞臨黃屋，看見《向日葵》，大加讚賞，認定梵谷找到了自己的形象。

梵谷的故事，總是真真假假。他和高更在黃屋爭吵後，狂躁病發，拿起剃刀，作勢要撲向高更。高更逃跑了。後來的發展，就是那幅割去一耳的自畫像（高更說過，耳朵是次於眼睛的感官，當它傾聽，每次只能找住一個音符；視覺呢卻可以統覽並且簡化所有物象）。但當時誰在場呢？除了高更。這當然也是假不了的，只是下文更聳人聽聞：梵谷把棄耳包紮好，當做禮物送給一位他喜歡的妓女。

梵谷早年獻身宗教，立志成為牧師，希望落空後，就把宗教的熱情傾注到繪畫去。「溫和的牧師」變成「瘋狂的畫家」，或者，這本來就是天才的兩面：半神半魔。他

後期不斷進出精神病院。看，這不就是瘋狂的證據麼？沒有僱主的畫家，得依靠弟弟供養，「手足情誼」是所有傳記作者必然濃墨重彩的一章。弟弟後來結婚生子，心理學家立即指出，這是畫家病發的誘因：既妒忌、生怕被遺棄；又怕自己成為沒完沒了的負累。他有一個了不起的弟弟，他死後半年，弟弟也病死了，陪葬在墓旁；彷彿用事實回答對兄長的不離不棄。這一章，即使最富同情心的傳記作者也不會否認，既完整，又餘音裊裊。

　　他畫了一幅完全瘋狂的自畫像，我記得塞尚的話，但這畫須用生命方能畫成。故事還沒有完結，誰知道又會引伸出什麼呢？《向日葵》不會因為加添了幾筆，就被全盤否定（提奧，「芍藥是傑寧的，蜀葵是科斯特的，而向日葵則是我的。」）。真實和虛構到頭來糾纏放射，再難分彼此。梵谷身後聲名大顯，十二年後，高更跟人爭辯時，苦苦引證梵谷畫風的轉變（1902年9月，致豐泰爾信），其實歸功於他的意見和勸告。許多年後才令人弄清楚話裡的含義，這是梵谷傳奇的烘托，同樣的大師，胸襟境界仍有高下的分野。梵谷從來就不止於自然主義式的寫實，不是的，他的鞋子房子椅子之作，甚至自畫像，都充滿寓意。阿姆斯特丹的聯展清楚地顯示，梵谷與高更的對話、爭論，原來通過各自的自畫像呈現。互贈自畫像，毋寧是畫家之間在進行討論。高更送給梵谷的自畫像這裡那裡點綴了幻想的花朵，而頭髮像波斯地毯（1888年）。他說，

自畫像，也要想像。他的《繪畫向日葵的梵谷》（1888年），把一向實物寫生的畫家，改畫成出諸想像的象徵主義者。畫裡有話。梵谷呢，那幅割耳後立即抖擻精神的自畫像，卻是對高更，以至其他人的回答：不，我不單沒有瘋狂，相反，我比以前堅定、清醒得多。提奧，「我們只是鏈條中的一些環節。老高更與我在內心上互相了解，我們有點發瘋的話，那有什麼關係呢？我們不也是規規矩矩的藝術家，有資格去反駁對我們的畫所產生的懷疑？也許有一天，人人都要患神經官能病、跳舞病，或者別的什麼病。有解毒藥嗎？德拉克洛瓦、貝遼茲、華格納都有。至於我們這些藝術家的瘋狂，我堅信，我們的解毒與安慰，可以看成是一種補償。」

重看梵谷，看到以往忽略的東西，那是晚期兩幅聖經故事的描繪，一幅臨摹德拉克洛瓦的《聖殤》（1889年）。梵谷一直甚少以聖經做題材，他對取材聖經沒有意見，只是覺得繪畫要經過觀察；而且，他斷言將來的繪畫應向音樂靠攏，而非雕塑。但這畫令人想到米開朗基羅，耶穌在前聖母在後，兩個粗壯的手臂伸成一直線，予人雕塑的感覺。耶穌的面目，看來就是梵谷自己。他自稱這是一次他發病時把德拉克洛瓦的石版畫弄壞了，於是匆匆臨摹而成。稍後的一幅，畫於自殺前半年，是《拉撒路復活》（1890年），仿倫勃朗。倫勃朗出諸黑白單色的銅雕，梵谷代之以亮麗的金黃，全幅都是大膽的黃色，黃土

黃天，而畫中的主人翁死後四天重生，令姊妹驚喜交集。梵谷把倫勃朗原作的耶穌，改成黃燦燦的太陽，高懸在畫的中央。在最後期，梵谷回到宗教的世界裡，回到所有歐洲畫家的系譜去：一幅畫死，一幅畫生；死而復生。其中有繼承，也有開拓。伊拉斯謨的名著《愚人頌》（*The Praise of Folly*），多讀的梵谷也許早就讀過，Folly也有瘋狂的含義，一般人著眼這書通過愚婦之眼，反諷世人以及宗教的各種愚行，豈知伊拉斯謨從未打算叛離宗教，而是尋找宗教與理性的和諧。梵谷也在尋找宗教與理性的和諧。

> 不要以為死者是死了；
> 只要有人活著，
> 死者就會活，死者就會活。

　　這是梵谷在信裡的一句話，他自稱「我是這樣認識問題的」。我也相信這樣，藝術的創造就是這樣。

2002年5月

神話之旅

一

　　清晨摸黑從雅典到克里特島，飛行五十分鐘，向南，飛過愛琴海；飛向那古希臘的盡頭、歐洲文明的源頭。飛到半途，天終於藍亮起來，忽爾想到，迎面飛來的，會否是代達羅斯（Daedalus）和伊卡洛斯（Icarus）父子，一前一後，兩頭逃離舊巢，初展翅翼的鳥人？父親看來嚴肅、專注，有點焦慮；後面的兒子呢，雀躍、得意，這也難怪，還有什麼比翱翔在希臘蔚藍的天空更酷更好玩呢？於是越飛越高，渾忘了父親的叮囑：鳥翼是用蜂蠟黏貼羽毛而成的，不能飛得太低，那會被海浪打濕，可也不能飛得太高，太陽會把蜂蠟溶化。緊貼著我啊，這個單親的老父說。鳥翼是父親為了逃生而製造的，他似乎什麼都會做，而且一試就行。可是一回頭，已經失去這小子的蹤影，他墜落大海了。

　　沒有遇上這兩父子，因為有一個說法是，他們還沒有

回到祖家雅典，而是從克里特起飛，向西，橫越地中海，要逃出克里特國王米諾斯（Minos）的勢力範圍，唯有飛向西西里島。代達羅斯出身雅典，由於妒忌一位年輕人的才能，冷不防把他從雅典衛城的懸岩推下，摔死了，結果被判放逐，這才流落克里特，幸得國王米諾斯的知遇。年輕人其實是他的學生，而且是他姊姊的兒子。這位天才，直接和間接，把有血緣和沒血緣的接班人都殺了。

二

希臘神話、傳說裡，我一直對代達羅斯這人物很感興趣，他不是神，卻近乎超人，有多方面的才能，擅做雕像，做得活靈活現，必須繩縛起來，否則就會溜走。他又為工匠做出各種各樣的工具。他還是建築師，在克里特為米諾斯做出那著名的迷宮。他一定也會繪畫，雖然我沒有看到這樣的記載。多才，炫才，同時又忌才，他顯然是那麼一個後來文藝復興要加以復興的人物原型。希臘眾神，到了羅馬，大多能夠找到相似的替身，好像宙斯成為朱庇特、赫拉（Hera）成為朱諾（Juno）、哈得斯（Hades）成為普路同（Pluton）、波塞冬（Poseidon）成為尼普頓（Neptune）、雅典娜成為密涅瓦（Minerva），仙人可以換一個仙籍玩玩。代達羅斯是凡人，但許多年後，他的確有一位遠親也誕生在意大利的文西，叫列奧納多，繼承了

他許許多多古怪的基因，自少就發著飛行的噩夢，老睡得不好。列奧納多晚年帶著蒙娜麗莎到了法國，幾乎也做出一雙鳥翼。

迷宮，是希臘神話時代最偉大的建築，單是這名字已叫人浮想聯翩了。迷字含義豐富：沉迷，可以有相反的後果。宮外，你覺得它迷人，叫有志的探險家躍躍欲試；到了宮內，則是迷失、困惑，找不到出路。內外的感受截然不同，有時卻互相作用。如今遍佈希臘、意大利西西里各地的希臘神廟，大多已淪為廢墟，那原是用一塊塊巨石堆砌起來的，顯然受埃及、兩河流域的影響；頑石也會低頭。比較完整的是雅典帕特農神廟，負責設計的Kallikratrs和Iktinos當然是偉大的建築師，神廟至今還有一個輪廓，有趣的是它一直在維修，還相信可以維修，希臘人真難得有那種自信，儘管它看來還停留在二十多年前我看到的樣子，大抵二十年後也不會有多大的進展。當然，二三十年，對廟裡那些永生的住客算得什麼呢？但迷宮，根本無法重修，修無可修，它是超物質的，過去了，就永遠只能活在我們的想像中。我們每一個人，都在塑造自己的迷宮。

我這樣說，迷宮原來的主人米諾斯不會同意；他是宙斯之子——宙斯，既生天神，也生凡人，他會認定迷宮止此一座，他是唯一的業主，他在其中養了一頭人身牛頭的怪物，叫米諾托（Minotaur），牠是他的妻子和一頭公牛所

86

生。故事很奇怪，説米諾斯向海神波塞冬乞求禮物，以便向海神致祭，這海神是宙斯的哥哥，即是他的伯父，伯父就送他一頭漂亮的白公牛（一説金公牛）。他看了喜歡，據為己有，犧牲另外一頭瓜代。結果被神祇報復，令他的妻子瘋狂地愛上這公牛。借花敬佛，本無不可，問題在他借的敬的是同一個佛，而他連這個佛也想瞞騙。於是也難怪會生出那麼一頭吃人而不吃草的怪物，於是也借助建築家之手造出那麼一座叫人怪夢頻生的迷宮。

赫西俄德（Hesiod）的《神譜》（*Theogony*）記載，普羅米修斯兩次欺騙宙斯，一次分牛肉時把肥美的藏在牛瘤胃內，白骨則披上發亮的脂肪，令宙斯上當；然後又把火種藏在茴香根裡，偷偷帶給了人類。結果宙斯把普羅米修斯釘在高加索的岩石上，派出惡鷹每天來啄食他的肝臟，到晚上肝臟又會重生；重生是為了再受折磨。不過，只要他説出誰會篡奪眾神王位的秘密，宙斯就放過他。但他硬是不肯屈服。這故事，到了悲劇大師埃斯庫羅斯（Aeschylus）筆下，偷火英雄不屈的抗爭精神令人神為之動容，而宙斯則淪為暴君。至於宙斯懲罰人類的做法，是下令匠神赫菲斯托斯（Hephaestus）給凡間男子造一個狡黠美艷的尤物。普羅米修斯擅於偽裝，宙斯還治其人，這紅顏，能説擅道，卻禍水。倘凡間男子不受誘惑，則晚年潦倒，又或者他並不缺乏生活之資，好，等你死後，親朋戚友像食屍鷲那樣把你的遺產分奪。不過，沒有太多的男

人會受這種懲罰阻嚇，個別甚至但恨求之不得呢。好色，往往就不吝嗇。這女子叫潘多拉（Pandra），正是禮物之意。

可你戲弄海神，他間接送你一個迷宮，直接送你一頭怪物。

三

此前米諾斯曾因為兒子到雅典勝出各種競賽，遭人忌殺；他一怒之下，要把雅典討平。他先把雅典的鄰邦麥加拉（Megara）攻下，嚇得雅典王埃勾斯（Aegeus）大驚，屈從不人道的和約，每隔九年差遣七對少男少女到克里特的諾索斯（Knossos），獻給米諾托作貢品。米諾斯的迷宮，為仇人而造，但何嘗不是也造給了自己，一種多麼可怕的情意結？

雅典王子忒修斯（Theseus）殺死米諾托的故事，歐洲人家傳戶曉，對我們則不然，所以也不妨略加敘述。他的父親把子民送死，忒修斯於心不忍，在第三次遣送人祭到克里特時，自告奮勇，扮成少男，要深入迷宮除害。忒修斯背後的動機，其實是要在眾民之前，證明自己的能力，要取得繼承王位的合法權。在普魯塔克（Plutarch）的《名人傳說集》裡有詳細的記述。他在伯羅奔尼撒的東北特羅曾（Troezen）出生，雅典的父親並不知道，只留下寶劍、

希臘克里特

鞋子做相認的證物。父親因年老無嗣，一直受眾倖兒篡奪的威脅。

權力的轉移，即在神話時代，或者傳疑時代，已成令人神困擾的難題，可說中外如是。希臘神話如果有一個母題，那其實就是權力轉移的問題，這所以有許許多多殺子、弒父，以至權力合法的尋證故事。而這是一個永恆的母題，自古而今，從政壇到文壇，莫不如是。忒修斯重返雅典是經歷了一段神話裡英雄回歸、復位的過程。本來從水路回去較安全，陸路則極多強盜惡霸，危機四伏。但他捨易取難。他果然遇上各種各樣的強盜惡霸，彷彿取西經途中的怪物，要他逐一降服。芸芸惡霸，以達羅斯特斯（Damastes）最有趣，這傢伙有兩張床，一長一短，見了長人，要他睡短床，把人家的腿砍掉；短人則睡長床，把他的兩腿拉長。結果把人活活虐殺。有點像某些評論家，手執兩套板斧，耍得陰差陽錯。分別不過是，前者有意，後者未必有心而已。忒修斯仿大力神赫拉勒斯（Heracles）對付惡人的辦法，以其人之道還治其人之身。他回到祖家目睹人民苦難，當然更不能坐視，所以也毅然上路了。這是一次死亡之旅；只有通過考驗，才能重生，才算是真正的成年。到了克里特，米諾斯的女兒阿里阿德涅（Ariadne）對他一見鍾情。公主向代達羅斯取得破解迷宮之方：只需一個綫團。他先把綫頭拴在迷宮的入口，一路放綫，然後找到米諾托，把牠殺死，再沿著綫走出來。王

子和公主，馬上揚帆回國，還巧妙地先把米諾斯追趕的快船鑿穿了洞。

故事還沒有完結，而且好像開了頭，就沒完沒了。他們跑到半途，到了一個小島稍息，英雄卻趁美人睡熟，悄悄開船溜走。這是反高潮。但轉念一想，倘非如此，則特洛亞戰爭之前，豈非先來一場克里特之戰？阿里阿德涅不是成為海倫之前，更早的一張令千帆並懸的俏臉？英雄之所以拋棄了美人，有的補充說，是因為阿里阿德涅命定要嫁給酒神狄奧尼索斯，酒神向忒修斯報夢。

米諾斯當然不肯罷休，他不能容忍破壞遊戲的人。他封鎖了所有海岸，網開的，唯有恢恢的一面未受污染的藍天。他終於想出一個引蛇出洞的辦法，他依樣畫葫蘆，提出要是有人能夠用綫穿透一隻螺殼所有的螺旋圈，他會厚厚獎賞。西西里國王詢問代達羅斯。還不容易麼，這位天才不加思索，把綫縛著一隻螞蟻的腳（可別追問怎麼縛法），把牠放在入口，再在螺殼的另一頭放下蜂蜜，讓螞蟻帶著綫穿過螺殼出來，謎不就解了麼？那不過是一個縮小了的迷宮。迷宮那種蜿蜒、螺旋的結構，其意念可能正是來自一枚小小的海螺。至於忒修斯也不過是一隻螞蟻而已。心胸最狹窄的人也不會怨恨一隻螞蟻，順手的話，他會把牠捏死，但他會窮究背後揭穿謎語的人，午夜夢醒，想到這個仇人，他也會恨得牙癢癢的。知道仇人原來躲在西西里，米諾斯於是親率大軍問罪。但到了西西里，中了

詭計，死於燙水。克里特的海上霸權，其後也輾轉衰落下去。

　　忒修斯回航雅典，勝利沖昏了頭腦，忘了跟父親的約定，改懸白帆以示凱旋，而不是出發時的黑帆。老父日夕懸念，結果在山頭上遙見烏黑黑、出喪似的黑帆，以為兒子犧牲了，傷心至極，縱身躍下。這是迷宮帶來的種種悲劇。設計迷宮的人，失去少兒；走出迷宮的人，顛倒過來，失去老父（許多年後，因為誤信讕言，他甚至把自己的親兒也殺了）。一少一老，他們的名字，以碧藍的海水寫成。那種藍，是群青藍（ultramarine），是至尊無上，神的顏色，它的另一意思是：在海邊。至於另一個迷宮之主、由於貪婪，不會寬恕，失去女兒，最後連自己的性命也賠上了。

四

　　然則神話真有道德倫理的訓諭麼？也不見得。我們每一個人都可以從不同的角度閱讀，讀出不同的東西來，宗教的、社會學的、心理學的、人類學的⋯⋯。然後在複述的過程裡又衍生眾多歧義的版本。德國的澤曼（Otto Seemann）問：希臘的神都做什麼呢？他自己的答案是：「他們所做的其實是舒服地無所事事。」普羅米修斯那種寧願捱苦而屈尊下顧的神祇，畢竟很罕少。奧林波斯（不

92

是奧林匹克，二地有別）之上的眾神，的確是「舒服地無所事事」，於是宙斯會變成了公牛，誘騙了歐羅芭，把她從東方的小亞細亞帶到了克里特，生下米斯諾等人，成為歐洲文明的濫觴。就是這種為了要「舒服地無所事事」，所以他們一味恣性而為，爭權奪利，互相欺騙，妒忌，好色，甚至亂倫。因為無所事事，所以他們大量近親繁殖。眾神之主的宙斯，不斷拈花惹草，妻子赫拉本來是他的親姊，那是姊弟戀。

希臘神話在眾多的爭權奪利、妒忌、淫亂裡，其中一個因權力轉移問題而生的是父子情仇，雖然他們看似很重視族譜，荷馬、赫西俄德稱呼某某時，往往不直呼其名，而冠以這個那個之子、之女，但他們的人倫關係，以凡人的標準看，其實糾纏不清，混帳糊塗。宙斯的王座是從父親克羅諾斯（Cronos）那裡搶來，克羅諾斯也是這樣對付自己的父親烏拉諾斯（Uranus），他甚至把他閹割了。子之於父，父之於子，無非惡性循環。烏拉諾斯跟大地之神蓋婭（Rhea）母子亂倫，生下了許許多多的大力巨神，因為害怕這些兒子長大了會挑戰自己的權力，於是把他們幽禁到地底。到了克羅諾斯，他預知有兒女會搶奪他的帝位，索性把兒女吞吃掉，他大概認為，有什麼會比藏在自己的肚皮裡更保險呢？小宙斯在克里特的山洞出生，母親把他藏起來，由山澤女神撫養，受半人半神的枯瑞忒斯保護，然後代之以石頭，用襁褓包裹好，送給丈夫。這父親

也糊塗頂透，把石頭照吞了。克羅諾斯據説是時間之神，弒父殺子，好歹吞噬一切，可算是巨神裡自私之最。這難道就是時間的本質？直到宙斯長大，把克羅諾斯打敗，才逼他把吃掉的哥哥姊姊吐出來。

　　宙斯打敗泰坦神，成為眾神之主以後，分封天下，讓冥府給哈得斯，讓海洋給波塞冬，兄弟父子鬩牆大抵平息。眾神無所事事之餘，偶有蒜皮雞毛的爭吵，就作壁上觀，讓廝殺給了世人。他們在奧林波斯山上，每天飲宴，大吃大喝，男女主人，宙斯和赫拉，鬥氣冤家似的，其他眾神，也是吵吵鬧鬧，爭風吃醋。「他們的宮殿是聞名的跛足神赫菲斯托斯／為他們精心建築，費煞巧思。」荷馬史詩云。論者總認為眾神的種種惡行，毋寧是凡人的反映；也許一無禁忌，遂猶有過之。其實不盡然。他們不肯讓班，拒絕放權，那是因為他們是神，是神就長生不老。凡人呢，只有經過自我造神的工程，才會死命戀棧。

五

　　那麼為什麼還要讀這些神話？在英美，年輕人尚且會有這樣的疑問，遑論吾土吾民了。過去，鄭振鐸等人介紹希臘神話時，被誣為導人迷信。因為我們總認定神是超凡入聖的得道者；另一面，又總把文學藝術道德化。要是我們接受神祇可以如此荒唐，則凡人作惡，豈不更有藉口？

周作人曾為此辯解，認為讀神話是為了想像和趣味。鄭振鐸的兩大冊希臘故事，曾是我少年時喜歡的讀物，有一段日子曾反覆翻看，好像總翻不完。書早失去了；後來才知道鄭先生的譯述舛誤不少。但一個個的故事，的確曾帶給我閱讀的樂趣和想像，跟迷信毫不相干，更不會拿來為自己的頑劣當盾牌。

神話並沒有道德的訓論，但神話是一種「詩性智慧」，這是維柯（G.Vico, 1668-1744）著名的論斷。維柯雖是天主教徒，在意大利寫作，但他把神的自然創造和人的社會創造分開，神造的非人所能了解，人造的初民社會，卻一直備受忽視。然則何以是「詩」呢？因為神話是人憑想像創造出來的。維柯的《新科學》說：初民拙於推理，但天生有強大的表現力和想像力，對不了解的事物悉奉之為天神之作，電閃雷鳴這類天象，就當是天神向人間發出的姿勢或符號。他們無知，卻對並無所知的東西充滿好奇，一如孩童把沒有生命的東西當做活人，跟他們交談、遊戲。神話由於真實地表達了初民對自然、社會的感受和理解，所以是歷史的真理。他引阿里士多德的話：「凡未經感官，即不成理智。」正是這種玄想的創造，催生近代的各種知識。後來抽象思維的發展，反而令我們日漸喪失敏銳的感受力和想像力。後世德國的卡西勒（E. Cassirer）受了啟發，認定非理性的神話，其作用實不下於科學、歷史、藝術，神話思維同樣具有系統化的符號形式，構成文

化有機的整體，並不是理性的科學所能獨攬。

　　不過，倘認為神話的功能已成歷史的過去式，那也不對。神話之所以生生不息，可以肯定地說，因為這是文學藝術用之不竭的源泉。歐洲人，尤其是希臘人，自小讀這些神話，日常生活又耳濡目染，卻仍然可以健康地成長，犯罪率不見得比其他地方高。羅念生談希臘精神，曾羅列種種優點，例如求健康、好學、創造、愛好人文、愛美、中庸、愛自由等等，也許不無溢美。但民主的政體始自古希臘；這地方誕生過無數偉大的哲學家、文學藝術家、科學家、軍事學家，離神話的時代愈遠，反而愈難以為繼。寫《千面英雄》的約瑟·坎伯（Joseph Campbell），一次在訪談中，當對手說到讀神話是為了追尋人生的意義，他回答得直接了當：

　　　是體驗生命。人類的內心總是在追尋意義。一朵花的意義是什麼呢？……事物本身是沒有意義的，意義是人類加上去的。宇宙的意義是什麼？跳蚤的意義是什麼？存在本身是不需要賦予人為意義的。它就是在那裡，如此而已。你的意義就是你的存在。人類一直汲汲於追求外在價值，卻忘了本來便存在的內在價值，這種內在價值就是存在本身的喜悅，也就是生命的意義。

　　我可是想，如果迷宮惑人，失去迷宮，終究是更大的

悲哀。當我們不再認識這些故事，那是更大的迷失，迷而不知返。一個沒有迷宮的民族，自以為破解了迷宮的民族，上路時，不會想到在出口拴一個綫頭，也許拴過，也斷了綫，即或能夠殺死路上這樣那樣的怪獸，卻永遠不能回頭，永遠失去了原來的出口。那是永恆的流放。

六

生命就是生命，希臘人左巴說；而不是書本。到了克里特，才知道克里特人最尊崇的兩位藝術家，一位是葛雷柯（El Greco, 1541-1614），另一位是卡贊札基斯（Nikos Kazantzakis, 1883-1957）。一古一今，一個繪畫，另一個寫作。葛雷柯二十歲左右便離開克里特，移居西班牙，一直沒有回來，他的成就也在西班牙。他的畫，主要以宗教做題材；他畫得最動人的風景，不是克里特，而是西班牙古城托萊多。但西班牙人一直稱他為「希臘人」，看來他離家時性格已經塑就，從此再揮不走。克里特也沒有忘記這個遊子，居然弄出一個他的故居。市政廳門口排列了本地歷代名人像，他在入口的左端，最廣為人知。

卡贊札基斯的作品同樣大多有關宗教，不過他有自己的看法，都頗富爭議，例如《基督最後的誘惑》，羅馬教廷列為禁書，希臘的東正教甚至把他逐出教會，但克里特的教會始終支持他。他去世後歸葬故鄉，也頗受禮

待。《基督最後的誘惑》在二十世紀九〇年代曾由馬田·史高斯拍成電影。他晚年的《上報葛雷柯》（*Report to Greco*），泰半是自傳，部份是虛構，彷彿士兵向自己的將軍匯報，他向這麼一位同鄉先輩作供自己的一生。他最好的作品可能還是《希臘人左巴》（*Zobra the Greek*），在更早的1964年曾拍成電影，港譯《古城春夢》，由安東尼昆演左巴。如今在希臘各地向遊客行銷的民謠CD，不少仍以左巴作為招徠。這書我已不大記得了，反而電影裡的許多片段一直不能忘。故事由一個寫詩寫文章的讀書人敘述，他在克里特有一個丟廢了的礦場，他想重新投產，他遇到左巴，左巴成為他的工頭。讀書人理性、犬儒、怯懦，一臉壓抑，對事業對愛情以至對生命都顯得畏首畏尾，左巴說他是「書蟲」；相反，左巴並不識字，但敢愛敢做，重要關頭，還勇於仗義。他是一個有血有肉的人。故事的框架是左巴為礦洞尋找承托的木材，匪夷所思地想出從山頂的修道院騙取樹木，再懸山設置支架，把樹幹運輸下來。框架之內包含兩段愛情故事，一真一假，一個徐娘已老、流落克里特孤島開設酒店的法國女人以及一個美麗的寡婦，前者喜歡左巴，後者愛上我們的作家。

法國女人得了重病，左巴對她半哄半騙，也有戲謔的成份，最終不忍拒絕她。她最後就死在左巴懷中。死前，村裡的黑袍老婦已經走進屋裡守待，禿鷲那樣準備搶奪她的遺物了。寡婦呢，因為年輕美麗，男人對她都有詭異

之想，可另一面，又視她如禍水的潘多拉，會打開所有禍害。只有一個乞丐受她的恩惠，把她當人看待。村裡一個青年愛上她，父親嚴加阻止；當他知道她愛的是外來的讀書人，蹈海死了。群眾都遷怒於她，讀書人卻拿不出勇氣來保護她。最後釀成悲劇。對修士，卡贊札基斯這裡那裡，不乏揶揄，對土民的愚昧、封建，他的批評尤其深刻——有人告訴我，遲到上世紀八〇年代希臘女子才取得投票權，但沒有人會懷疑他對故鄉的愛。

左巴和讀書人，令人想到酒神和日神的比對。兩神的天平，明顯地側向酒神一邊，然而不要忘記，這是通過日神的敘述，他肯揚人，會自嘲。電影的實景在克里特，據說臨時演員都是克里特人。開場時是一個希臘的俯鏡，然後是滂沱大雨，作家蒞臨，帶了一包包書，他拿著傘子，卻拿來為書擋雨。最難忘的是左巴的舞蹈，他高興時跳舞，不高興，也跳舞，跳著跳著，也變得高興起來。但左巴也不是無可挑剔的，例如他受託入城去張羅鏈索，到了酒館，就大豪客那樣把錢花光，渾忘了工作。電影收結，運輸木材的辦法失敗，支架像骨牌那樣倒塌。愛書的老闆變得一無所有，反而要左巴教他跳舞。兩個人就在沙灘上伸展雙手，跳起舞來。

七

　　十九世紀下旬至二十世紀初，德國的施理曼（H. Schliemann）和英國的伊文思（A. Evans）前後在邁錫尼、克里特的發掘、考證，令人發現荷馬史詩並非完全向壁虛構，並非完全是神話。這是西方以詩證史最大的成就。尤其是施理曼，熟讀荷馬，是荷馬的「忠實」讀者，相信早在公元前776年奧林匹克運動會開始之前，古希臘有過燦爛的文明。沒有這信念，沒有堅持信念的毅力，就不會有偉大的發現。他先在小亞細亞西岸掘出了特洛亞古城，證明的確有過特洛亞戰爭（公元前1230-前1220年）；然後在希臘本土掘出邁錫尼遺跡，並且宣稱發現了那位以木馬屠城的聯軍主帥阿迦門農（Agamemnon）的遺骸和金面具，此人是悲劇名著裡的要角；他和阿基沃斯的交惡、和解，構成荷馬《伊特洛亞》史詩的框架。金面具等文物今存雅典國家博物館。後人考證這不可能是阿迦門農，而是另有後人。施理曼最後轉往克里特北部的諾索斯。在諾索斯發掘，就可能掘通西方文明的源頭。但他沒有掘下去。

　　克里特文明，最鼎盛的時期距今約三千五百年，再由邁錫尼文明繼興，最盛期為公元前十五至公元前十三世紀，至特洛亞之戰後衰微。這些，都在荷馬時代之前。克里特文明，伊文思移用米諾斯之名，稱為米諾斯文明，這兩大文明衰落後，竟從此湮沒無聞，零星散落在歷史的軼

聞裡，又或者真真假假，在神話、史詩裡，在吟遊詩人的口頭，然後在文字裡。邁錫尼文明出土，令最誤解虛構文學的人，也回過頭來，重新打開眼界。但神話是否至邁錫尼而止？1882年，伊文思拜訪施理曼，獲得啟發，把自己遊獵似的收藏、考古的興趣鎖定到愛琴海來，他開始搜集流散雅典各地的遠古希臘刻有文字符號的石印章。十三年後，他開始了克里特的發掘，才工作一個星期，就有了重大的發現。施理曼未竟的神話之旅，終於由伊氏完成。

施理曼功虧一簣，有不同的故事。有的說他在諾索斯山頭，斷定腳下就是米諾斯王宮，心情太興奮，不禁下跪向伊達山的宙斯禱告，這令當年統治克里特的土耳其回教政府大為不滿，於是諸多攔阻，不許發掘。另一個故事則說他向土政府買地，已經談妥了，只是到最後時刻因為若干橄欖樹而氣憤難下，拉倒了。土人告訴他土地上一併要買下的橄欖樹一共二千五百棵，他認真一算，只有八百八十九棵而已。法國人教我們欣賞葡萄，希臘人教我們多用橄欖。這位德國人，是否太認真了呢？

<h1 style="text-align:center">八</h1>

真有迷宮麼？抑或像心理學家所認定，迷宮無所不在，那是集體無意識的反映，而我們都是代達羅斯？古希臘史學家普魯塔克寫：

他們（克里特人）宣稱迷宮不過是一座牢獄，除了不容越獄，別無限制；還說米諾斯為紀念安德羅格奧斯（米諾斯之子）創立了悼亡競技會，規定把迷宮的雅典青年囚犯獎賞給優勝者。第一輪競賽勝出的是陶魯斯，他是米諾斯屬下最有權勢的將領，生性蠻橫驕縱，對待雅典青年兇狠而殘暴。亞里士多德在《玻提亞的政府體制》中，明示這些青年並未被米諾斯殺害，而是一直在克里特擔當苦役。

囚禁外人的牢獄變為迷宮，殘暴的陶魯斯變為半人半牛的吃人怪物，禁的、吃的，是敵國的青年。這種變化令我想起另一個怪物。我到過兩次德蘭斯瓦尼亞（Transylvania，今屬羅馬尼亞）的Bran Castle，那是一個美麗的中世紀古堡，在迴廊裡穿梭，加上一些隱蔽的通道，多少予人迷宮之感，尤其是太陽落山之後。古堡的主人曾經是以殘暴聞名的德古拉伯爵（Dracula）。伯爵暴虐不仁，但他對付的主要是土耳其的異教徒。換言之，他曾被尊為民族英雄。但他做夢也想不到自己會死而不腐，數百年後化身為德古拉學（Draculogly）的核心靈魂。這些，始自一位從沒到過這地方的愛爾蘭作家布拉姆·史托克（Bram Stoker），史托克在十九世紀末把他轉化成為一個叫人雙膝發抖、胃部收縮的吸血鬼，每隔一些時候就在銀幕上作祟，從啞巴似的默片，一直到電腦數碼，隨著電影

史的發展而不斷易容擴散。這是文學藝術的力量。我們當然不能忘記陶魯斯，他頭上長出牛角，再經畢加索之手，終於蛻變為不朽的藝術形象：獸性、粗暴、破壞的惡魔；可同時又是創造、生命力的徵象。據說，他是忒修斯在啟航時戰鬥，被忒修斯所殺。另一說法，也是普魯塔克指出的：他在競技場裡被忒修斯打敗了，米諾斯主動把所有俘虜釋放，還從此豁免了雅典人的納貢。

也許我們永遠都不會知道真相。古希臘的歷史家意味深長地說：

據此看來，與一個擅長語言和文學的城市為敵，下場一定可悲。雅典戲劇，總把米諾斯當作暴君，不斷醜化。儘管赫西俄德讚美他為「最高貴的人」，荷馬抬舉他為「宙斯的知心友」，都無濟於事。悲劇作家們佔了上風；他們通過講台和舞台，對米諾斯痛罵交加。其實，米諾斯是國王和立法者，拉達曼托斯是他的法官，監督責成他制訂的法規。

克里特是希臘最大的島嶼，橫臥在地中海的南端。米諾斯文化遺跡遍佈全島，但最宏偉的皇宮在東北赫拉克列翁（Herakleion）的諾索斯。皇宮依山修建，因地制宜，建得高高低低，並不追求對稱；四周是橄欖樹、杉樹、葡萄藤。出土的包括祭壇、庭院、王宮、帝王和帝后的寢宮，

等等，其中帝王居住的正殿「雙斧宮」，伊文思相信就是所謂「迷宮」，因為據語言學家的考證，迷宮（labyrinth）一詞的字源，來自呂底亞語labrys，意即雙斧。呂底亞語（Lydien）是一種印歐語，現已失傳。雙斧既是宮殿的標誌，也出現在壁畫上，祭祀時用作宰牛之用。諾索斯宮殿的排水系統頗有美譽，污水流入地下的石溝，再通過一個個接駁的圓形陶管排走。

但我最感興趣的，還是宮殿裡的壁畫。畫的是人物、動植物，一如埃及，人物都只畫側面，勾綫，平塗，顏色豔麗。修復的壁畫都已轉移到赫拉克列翁博物館去了。其中一幅殘片，只留下一個女子的半身側面，高鼻大眼，那隻眼睛佔了上半邊臉，雖是側面，瞳子卻在眼眶的中央。眉毛和眼綫也很誇張，頭髮濃密捲曲，而嘴唇塗上鮮艷的口紅。當年考古家在宮殿裡驚豔，於是有了「巴黎女郎」的俗稱。另一幅名為「百合王子」，上身赤裸，下穿短褐，頭戴雉尾百合花冠，長髮飄垂，體態很俊逸，神情很爽利，腰身尤其纖細，左手後伸，似在牽引著什麼。另有一幅，畫了一個年輕人，身形同樣修健，兩手各拿著一大串魚，似是一次出海的豐收。

最特別的一幅，畫的中央一頭正在奔馳的牛，雄健勇猛，佔了大部份畫幅，但牛前、牛背、牛後，同時描畫了三個年輕人在玩雜技，牛前牛後兩個都是白人，中間在牛背上的，深竭色。細看，原來是不同畫面的連環並置：激怒了

的野牛衝來，左邊的年輕人先是兩手按準牛角，然後縱身一翻，到了牛背上倒立；最後翻到牛後，牢牢站定了，再平伸兩手。儼然體操運動裡的跳鞍馬，不過那可不是木馬，而是活生生的猛牛。連串動作，完成得乾脆利落，既美且險。這種遊戲，看來是三千多年前克里特少男少女的一種近乎瘋狂的儀式，每年死去的應不會少於七對。

後殿的牆壁上，有一幅海豚、游魚的壁畫，畫了五條海豚，藍背白肚，游得很愉快，似在繞圈，四周還有各種顏色的小魚。左巴和作家乘船到克里特時，風浪極猛，乘客大量船浪，左巴也捱不住，走出船艙外，這時他看到海中跳躍的海豚，大為驚喜，作家呢，仍似無動於衷。

綜合來說，克里特的繪畫，反映了他們對世俗生活的情趣，樂觀、開懷，既少宗教味，也沒有戰爭的殺戮氣。他們的宮殿，也是開放式的，並沒有圍牆。這是一個熱愛生活，愛美，愛自然的民族。到了邁錫尼，因宮殿不存，繪畫只留存在陶器上，開始出現持矛的戰士，出現了戰爭。對武力的炫耀，其結果是玉石俱焚。

九

忒修斯的生父據說其實是海神波塞冬，所以能夠深入龍宮把父親扔下大海的戒指找回。但普魯塔克告訴我們，這是忒修斯的外祖父在這位英雄成長的地方散佈的流言。

從雅典到蘇尼恩岬（Cape Sounio）探訪波塞冬神廟，沿途的海岸綫美極了，而且看來恆久不變，彷彿不受人神的紛擾。海水近岸的青綠，然後逐漸變藍，深藍，最後和天空融成一體。神廟高懸山上，老遠就可以看見，巍峨兀立，只餘下若干廊柱、長方的結構。1810年，拜倫曾經來訪；他後來參加希臘的獨立戰爭，死於熱病。

　　一個老者在路邊石駁的蔽蔭處素描那些多立斯圓柱，仔細的描摹，左邊九枚，右邊六枚，彷彿他不是在繪畫，而是在上下撫摸。日午少人。他原來不是獨自一個的，老伴走回來，用英語問：完成了嗎？沒有，他答；但還是把畫冊合上，站了起來。這時我才知道他有一條腿不太靈便。

　　雖然日照當頭，總有攝氏三十七、八度，但並不覺太熱，因為海風很凜烈。我一鬆手，帽子就被風吹走，在山石間一路翻滾，到我把它逮住，才驚覺自己跑到了岩邊，越出了危險綫，一有大風，或者再不停步，就可能成了布魯哲爾筆下墜海的伊洛斯卡。希臘的海，的確有惑人的力量，塞壬女妖，一定在這裡那裡窺伺。但伊洛斯卡墜海，安知不是有意如此？他不過在神話裡那麼驚鴻一瞥，就取代了那個天才父親，成為了眾多詩文、繪畫的主角；至於那個美麗、令人迷戀的海，後來就叫伊洛斯卡海，永遠屬於他的了。

2005年8月

快遞專員：天使

　　天使是神話時代的特快專遞，不論路程遠近，借時下廣告的用語：使命必達。天使的希臘原文angelos，即為信差之意。天國的天使聖詠團，成員為數以千萬計，有九組，分三等，各有專司。按照十五世紀希臘學者Dionysius《天朝等級》的分法，則信差之職，在仙階裡其實最低；但儘管如此，我們卻對他們最感興趣，因為他們參與人間事務，是我們和神的中介。舊約《詩篇》說人類是「比天使稍小」（a little smaller than angels），那麼，天使就是「比人類稍大」，a little bigger than men，作為人和神的中介，他們可以說是介乎人神、半人半神之物；比神差遠，卻比人有餘。在人類社會，特快專遞之設，是由於世界各地交往日趨頻繁，世界縮小了。名為特快，當以速度為貴，至少要有神行太保戴宗那樣的本領。可戴宗仍然是行，而不是飛。要快，要飛快，捨天使其誰？何況要傳遞

的消息來自至高無上的上帝？

　　但傳遞消息，上帝也不見得一定就用他們，天使也有投閒置散的時候。例如上帝對阿伯拉罕，既親授天機，指示他會年老得子；考驗他的誠信要他手刃親兒作祭品的重要關頭，又由天使傳言解救。再如摩西從西奈山帶回來的十誡，以及連串的誡律，《出埃及記》說是上帝直接口授，耳提而面命；他帶領一大群以色列人出埃及，良莠不齊，他一個人跑到山上接受訓誨，一去四十天，令山下的群眾還以為他遭遇不測。不過保羅在《加拉太書》斥責墨守誡律的猶太人，卻說誡律「藉天使以至中保（指摩西）之手設立」，他的意思是憑信稱義，直接向神交心就行了，不必經由二手，甚至三手的轉介——不要以為履行某些誡條就可以得救，救贖應該來自對神的信仰。

　　除非事不得已，我們自己也不見得動輒就乞靈於快遞專員。要通訊，我們可以寫信，可以打電話，打長途電話，如今呢，大家都愛上了伊妹兒。但我們借助其他媒介，往往是由於空間之隔。速度有價，越快，相對地，越珍貴。上帝則不然。祂何時親授，何時假手，我們搞不清楚，至少我搞不清楚，天意玄妙，天使恐怕也未必搞得清楚。這可見難唸的經每家都有，雖貴為天使，比人類稍大，也有中介難為之歎。上述摩西誡律，無論是一手還是二手的說法，都令專此業的天使尷尬。「為什麼上帝要使用天使做這些工作呢？難道祂不能在耶路撒冷找一位祭司

或先知，或者在拿撒勒找一位傳道者去做麼？」五百年前，馬丁‧路德在《聖誕書》裡這樣發問，然後表揚這麼一位專業：「天使雖貴為天上的王子，可並不以當使者為恥。」

天使敬業樂業。他希望凡人也是這樣；路德繼續寫，而且用了詩一樣的修辭：

天使加百列來到的時候，瑪利亞很可能正在料理家務。天使寧願在人們盡忠職守的時候來臨。比方說，牧羊人在看守羊群時，天使來了；基甸在打麥子時，天使來了；參孫的母親坐在田裡時，天使來了。然而童女瑪利亞，她極虔誠，她可能正為以色列的救贖，在角落裡禱告。天使也喜歡在人們禱告的時候顯現。

從另一角度看，這位天之使者，並不受時間空間的限制；要來，馬上就來了。照號稱「天使博士」的托馬斯‧阿奎那的解釋，天使純是精神之物，摒除了土、水、火、空氣等四行實物。他化身為人，是為方便人類，他其實也不說話，說話，只是發出人類能懂的聲音罷了。但過橋可以抽扳，得魚可以忘筌。我曾參觀路德早年化名避難瓦特堡的修道院，在他譯經的陋室流連，對這個人堅毅的意志，敬佩不已；但他畢竟是人，不是神，自信過了頭，就很可怕。幾乎在避難的同一時間，他已經在信中說：「我

不允許任何人判斷我的教理，就是天使也不行。」（1522年，見伊利亞德：《宗教思想史》）其實，他翻譯聖經新約，也不能完全取消中介，不過自代而已，讓人較容易跟上帝通訊。晚年的路德，變得越益固執專斷，越不寬容，「他使自己成為大寫的人，所有人都必須以他為模範。」

中介出了狀況，問題決不是單方面的。出諸好惡利害、修養、稟賦，這樣那樣的歧異，我們收受訊息時會有不同的解讀；不必借助近世「接受理論」的論證，東西方各大宗教內部眾多的分歧、論爭就是證明。論爭不止，就會有人認定問題出在天使，開始質疑天使的素質。徐志摩有首不大受人注意的小詩《又一次試驗》，收結甚至說：「哪個安琪身上不帶蛆！」

創世之初，天使已有好壞之別：能力有高下；心態上有的厥盡職守，可有的不守本位，傲慢，受不了誘惑，墮落了。《死海古卷》的教派，把高級天使分別為光明天使、黑暗天使、毀滅天使和神聖天使。米爾頓的《失樂園》起首就寫好天使和壞天使的交戰，結果以撒旦為首的一幫壞天使敗陣，被上帝貶下地獄。好壞天使廝殺的場面，我喜歡的老布魯哲爾（Pieter Brueghel the Elder）曾經描畫過：《叛逆天使的墮落》，中間的天使長身穿甲冑，一手拿盾，一手揮動長劍；帶領其他天使出擊，圖右一位白袍天使尤其矚目，同樣舞動長劍。而壞天使呢，手執武器，可是像蛙，像魚，像基因變異的人獸，在下方潰不成

軍。好天使都身長手長，威武有餘，形象可說不上美好；壞天使更令人想到另一位荷蘭畫家布希（Bosch）筆下的怪物。也許多年來受恐怖電影、醜怪卡通的熏陶，見怪已不怪，並沒有給我恐怖之感，連但丁《神曲‧地獄篇》裡的撒旦，頂上有三個頭，每個頭都有一雙翼，沒有羽毛，像蝙蝠，也覺得不外如是。

造反失敗，撒旦之為撒旦，當然不知悔改，米爾頓寫他糾集舊黨，決議報復：由他化身為蛇，潛入伊甸園，誘惑比他稍小的人類始祖阿當和夏娃。詩人把撒旦描寫成滔滔雄辯，頗有悲劇英雄的意味。「寧為地獄之主，不作天堂之僕」（'Better to reign in Hell than serve in Heaven'），這是魔鬼天使的邏輯思維。中世紀時羅馬天主教會對魔鬼的態度是：「魔鬼與其他妖魔是上帝的創造，本來是好，自行選擇變壞。」（1215年第四次拉特蘭會議，Fourth Lateran Council）但撒旦的詭計、伎倆，全知的上帝豈會不知，就當是對人類的考驗吧。然則是否可以說，魔鬼天使實乃上帝的反面教材，好天使與壞天使，是整個偉大設計裡的工具，都不過是分工之下各盡所職，然後故事才得以敷演？二者既敵對，而又互補，就像荷蘭艾薛爾（Escher）的版畫，玩弄重複轉化，左邊是白天使，右邊是黑天使，一陽一陰，呈現天使的兩面。

再退一步想，專遞送來的，怎會都是好消息？噩耗、凶信之類難道是遞使的錯麼？這時候，各級天使能做什麼

呢？他們會被責令自我增值麼？要上兩三個飛行的複修課程，要受品格審查，要重考天語、理解微言大義的基準試麼？或者，由幾位天使長發起一個天使專業工會？狢子狸據說會帶來非典型肺炎，人類的做法是：通通殺掉；雞鴨會帶來禽流感，牛會帶來瘋牛症，帶菌者固然一個不留，方圓三公里內的雞鴨牛也宰了。問題在，把carriers殺光，而不追溯根源，改變生活方式，整頓環境衛生、保護生態，問題何曾解決得了？

我想起拉斐爾筆下《西斯廷聖母》（1514年）的兩位伶俐、胖嘟嘟的小天使，一個頭髮蓬鬆，支著嘴面，眼睛上瞄，看上天的聖母聖嬰，——這可能是西方畫史上最漂亮的聖母了；另一個則雙手交叉，靠出畫框邊緣，眼眸同樣向上。兩小天使都閒倦無聊，雖身插小翼，卻近人多於近神。很奇怪，這反而成為芸芸天使裡最突出的形象。這其實也是一幅很奇妙的畫，上界金字塔形的構圖，兩邊幔幕正徐徐拉開，彷彿戲要上演了，嚴正端莊；下界呢，兩個小信差卻是一副看戲的神情，或者小衙差那樣，「癡兒了卻公家事」。他們既在畫內，又在畫外，穿透二界。藝術就有這樣的魔法：令人變神，近神又轉而靠攏人；人神彼此轉化。這畫既打破了人間天上的二元對立，一反中世紀階層嚴格劃分的宇宙觀，那種割裂的宇宙觀產生的藝術是鑲嵌畫；又顛覆了過去嚴肅與遊戲截然區分的生活態度，這種態度，到了十六世紀初伊拉斯謨的《愚人頌》，

拉斐爾《西斯廷聖母》，1514年

才揭穿其虛妄。這畫另一創意是雲塊似的背景，仔細看，原來是一個個小天使的頭顱。拉斐爾繪畫的小天使，形象太可愛了，不是打敗叛徒的戰士，更不是驅押人類父母阿當夏娃出樂園的官吏，大抵連上帝看了，也會滿心歡喜。

阿伯拉罕之後許多年，到了新約，天使獲派第一樁至關重要的任務：向尚未完婚的瑪利亞傳遞消息，告訴她受聖靈所感，會處子生下耶穌，即是所謂「聖告」（又譯「受胎告知」、「天使報喜」）（*Announciation*）。任務之難，可以想像。根據《路加福音》：當瑪利亞聽到天使說主與你同在，感到「惶惑不安」，然後天使安慰她「不要怕」，再傳遞上帝的旨意。這個場面，歷代大小畫家畫了又畫，成為西方美術一大母題，也可說是天使受命以來最大的成就。用畫筆傳遞經文，自然是後設的，既要細讀原典，又盡可能參看前輩同行之作，受到這樣那樣或正或負的影響。多年來，名作不少，包括安基利訶修士（Fra Angelico）、列奧納多的作品。他們畫的那位天使，從畫的左邊降臨（《路加福音》說執行任務的是天使長加伯列，據說好消息大多由加伯列執行，故有「天使報喜」的美譽。但對一般人，尤其是未婚少女來說，這不可能是喜訊），跟聖母在畫中一左一右。看列奧納多畫他的行頭，小武那樣的身手，令人注目；加伯列的雙翼，真像從背上生長出來的。

這位來自文西的通才大家，畫這畫時才二十歲左右

列奧納多《聖告》，約1470-1475年（上圖）、聖馬可修道院

（約1470-1475年）。天使下跪一足，地上是繁密的花草，左手持百合花，右手兩指上伸。背景是松柏等樹木，畫面一直延伸出海，呈現準確的幾何透視。瑪利亞則坐在門庭外看書，聽到消息，左手不自然地向後屈縮。前面是穩重雕花的桌子，背後同樣是厚重的建築。畫面一分為二，半為天造，半屬人設。這畫最有意味的地方是瑪利亞不再在室內，而坐在門外，如果不知經文，沒頭沒腦，難保不會誤以為她是守門的票務員呢。耶穌果爾就是通過她降生，道成肉身，時維三月二十五日，九個月後人子誕生；通過她，從而開啟人類性靈新的一頁。「我是主的使女，」瑪利亞答。她是整個新約訊息的bearer，她原來是天使中的天使。從十一至十四世紀，歐洲建築的教堂，大多就呈獻給聖母瑪利亞；翡冷翠一地尤其鍾愛以她的名字命名。據說列奧納多的繪畫生涯也是從繪畫天使開始的，老師讓他畫一個不佔重要位置的天使，立即認定他青出於藍，自己從此放下畫筆讓路。天使，是否也賦予列奧納多對人類飛行的想像呢？

至於稍早的安基利訶修士之作（約1440-1450年），繪在翡冷翠聖馬可修道院二樓面對樓梯入口走廊的牆壁上，這是他為修道院繪畫耶穌故事數十幅傑作之一，樓下另有他個人的展館。聖馬可原為安基利訶當年修道之地。觀眾走上樓梯，抬頭就看見瑪利亞坐在前面羅馬式拱券之內，簡淡素淨；科林斯的廊柱，遠近相連，中間的一枚把天使

和瑪利亞分隔開。加伯列看來頗女性化，衣裙粉紅而帶金黃，瑪利亞則黑袍白衣，形成對比；細看加伯列的背翼，竟是由多種繽紛的色彩編成。這是我看過芸芸《聖告》裡最精彩的作品。而且必須指出，聖馬可修道院樓下的走廊就是以科林斯廊柱相連，修士的畫刻意造成一種幻覺的實境，好像天使降臨，瑪利亞就住在修道院裡，這是《聖告》的現場，所有觀眾都成為了見證。再細看她的衣服，顯然就是多明我僧袍的樣式。畫中有一小窗，也是二樓眾多隱修小室的寫照。我們這才洞悉安基利訶的深思。

聖馬可的修士宿舍有四十四間之多。他和助手為這些牢房似的小室各畫一幅壁畫，其中在東翼第一個小室，他同時畫了另一幅《聖告》，畫法更簡煉，天使站立，瑪利亞半跪半站，同樣雙手合抱。看這壁畫，觀者或置身室內，或依靠門邊，與觀看走廊的不同，不在外，而在內。背景於是改成室內弧形的橋拱，左門邊站著禱告的前修聖彼得，凝視，若有所思；額頭在滲血。這真是完美的作品，中國人所謂情景交融。在這小室潛修的修士，一定感悟良多。

安基利訶，意即「天使」，這位修士畫家原名圭多‧迪‧彼得羅（Guido di Pietro），天使之名是他過世後信徒對他的美稱。據瓦薩里記載，他矢志以藝術宏揚基督精神，曾為此放棄出任翡冷翠大主教之職，而轉薦他人；平素則祥和可親，令人感到神職人士合該以他這麼一位「天

使兄弟」為楷模。《聖告》的題材，他畫了不少，壁畫之外，他稍早些畫過蛋彩的板畫，把加伯列的衣裙畫得更加豔亮，而且進佔畫的中央，左邊則以淡素之色另畫阿當夏娃被逐出伊甸園，上有天使押送；這畫今藏馬德里的普拉多博物館，畫的下方分別畫上五幅聖母種種事蹟的小畫，豐富些，也細緻些。另一幅則篇幅較小，在聖馬可的樓下展出，是瑪利亞組畫之一，天使的翅膀，像旗幟；還有一幅篇幅更小。但終究是走廊和小室的濕壁畫最動人，正由於下筆必須迅速、準確，得在濕牆乾竭之前完成，反而鉛華輕淡，獲得明淨清純的效果。他抓住了最重要的東西，而無需裝飾。

信差而得與聖母分庭抗禮，固然因為一位是神使、天帝的欽差，另一位當時仍是凡人；儘管天使修士以及大多數的畫家已同時為瑪利亞加上光環，但瑪利亞在羅馬天主教的地位，要經過漫長的演變、發展。公元392年，教皇西利修斯宣告她是卒世童貞；1547年天特會議，宣告她無沾原罪；至1892年，利奧十三世才通諭：她位居眾天使與眾人之上，只有她站立在基督之旁。不過更重要的，應該還是美學上的考慮，讓施與受同時兼得平衡對稱的效果。天使降臨，大多在左，偶而在右，這和西方人閱讀的習慣不無關係，由左到右，先是施授，然後是收受。中世紀的畫家，通常喜歡在畫面上同時以金箔寫出訊息的字句，倘由右至左，就不易處理。希伯萊文，以至阿拉伯文才由右至

左。中國傳統的繪畫，特別是長卷，總是由右至左，同樣是書寫習慣使然。至於瑪利亞，在畫裡總表現出一種平常心，處變固然不驚，喜呢，也未見得，年紀輕輕，大多已一派從容鎮定，大抵虔誠已久，隨時準備看見天使。畫家畫受知的聖母，儀容都相當收斂、克制，都拒絕把她畫成驚惶失態，充其量稍露驚異之色罷了，更多的是靜想、沉思。這是中世紀以降，聖像畫的傳統。她的外袍，則大多是群青（ultramarine），那是一種加工、合成的藍色。藍，是眾色中的至尊，在中世紀，以至文藝復興時期，其價值僅次於黃金。再加上百合花等象徵貞潔、光綫和白鴿象徵性靈，乃成程式。

長期以來，瑪利亞毋寧體現了西方對完美女性的看法，畫家既不敢也不想稍越雷池。相傳跟馬提尼同時的安布羅喬·洛倫澤蒂（Ambrogio Lorenzetti）畫過同樣的題材，嘗試把聽到消息後的瑪利亞表現為驚惶失措，調頭轉身，緊抱一根圓柱；大家都不接受，不得不重整儀容，結果整得不成樣子，畫已不存。據説他的《聖告》（1334年）是第一幅繪畫磚鋪的地面時運用了透視學的消失點（vanishing point）。反而天使，尤其是小天使（Cherubim），以putti（男孩）形象出現，像愛神邱比得，盡有發揮的空間。天使可男可女，像中國的觀音，又可小可大，在德國、北歐，在佛蘭斯畫家筆下，小頑皮似的，飛翔頑耍，成為「裝飾性的小東西」（busy little things）；在波提切尼筆下則出之美少女的嬌姿，身穿美麗的衣裙，在空中，在地上手牽著手。她們也當畫板是舞台，時而表演舞蹈，時而演奏音樂，成為烘托。

　　但出色的藝術家，在程式裡仍然可以表現獨特的才能。十三世紀初，喬托在意大利帕多瓦（Padua）斯克羅威尼禮拜堂畫出了連串瑪利亞和耶穌的故事（約1304-1306年左右），就整體成績而論，後人難以超越。這是喬托繼阿西西大教堂繪畫聖方濟生平之後的傑作，而且技巧更成熟。他在這裡畫過兩次《聖告》，在重複裡有變化，都與別不同。一次是天使向耶穌的祖母聖安妮宣告瑪利亞的誕生，他畫的屋宇，像不設門的娃娃屋，一反過去中世紀畫家的平板，而呈現縱深的透視，這手法後來成為畫家的慣技，以至濫用後，如今倒平添一種樸素感，儼如臨時架搭的舞台。有趣的是，如今禮拜堂旁的展館，反過來按照繪畫，重建了這麼一幢屋宇。畫裡聖安妮在中央的房間下跪，天使在右上角的窗口伸入上半身子，左邊連接到室外，一位女傭在有上蓋的門外面對觀眾，如常地編織。把世俗的生活與超自然的體驗並置，前所罕有。隨著平民經濟的勃興，喬托的畫，出現了許多的平民形象：牧民、工人；加上動物、植物，看似無關宏旨，其實是一大革新，是把神異的故事，融入時人的生活經驗裡，變得可信可感起來。平民甚至成為敘事的觀點，時而思考，時而議論。他畫的天使，在早期阿西西繪畫聖方濟生平，飛翔時還畫

上雙腿，至此則索性把雙腿抹去，展現動感，彷彿彗星；他的天空，是地中海的深藍，而不用金箔。有些聖徒的光環也不用金箔。我們總有過這樣的經驗，在羅浮宮，在烏菲茲，走過放滿中世紀繪畫的美術館，看到太多的金箔，太多的樣板、太多木無表情的聖徒、聖子與聖母，疲不能興。中世紀繪畫的毛病，與其說出於技法，毋寧是觀念。那是美學屈從於宗教法則的時代。

直到喬托出現，那才是我們懂得的語言。基督世界，不再是想當然的精神世界；而是看得見、聽得懂的物質世界。超自然的世界，而以寫實的手法處理，不免是「世俗化」（secularization），而不一定是「解神話化」（demythologization）。不過，事實證明，他為這傳訊的專業重新輸入活力；幸好他當時已名滿整個意大利，獲得尊重。在《阿麗思夢遊奇境》的續篇：《走到鏡子裡》，獨角獸跟阿麗思說：「你要相信有我，我就相信有你。」彼此互信，把懷疑懸置，故事才得以開展。道理淺顯，阿麗思豈能不同意。喬托畫另一個更重要的《聖告》，就在小禮拜堂的入口上面，天使改在左面，瑪利亞在右，他可能是第一個把二者順序對調的人；同期意大利畫家杜契奧（Duccio）的《聖告》，也開始把天使安排在左邊了，但作品稍遲，成於1311年。喬托利用了禮拜堂進入內室半圓的拱門，把兩者分隔開。分隔，但並沒有中斷我們的閱讀：他沿半圓的拱門邊描上圖案，看來就像天使與瑪利亞

之間流動的話語；又為兩者畫上對稱的小陽台，而融入建築的實境裡，令人疑幻疑真。我在禮拜堂裡一路瀏覽，走到另一頭《最後審判》前，回過頭來看祭壇外的《聖告》，圓形的刻劃，充滿質感、力量，小陽台更彷彿要破壁而出。喬托這一系列壁畫，在中世紀晚期，一定產生極大的震撼，其力量不啻後來路德用德語翻譯希臘文的新約。但丁在《神曲·煉獄篇》中這樣稱頌喬托：「奇馬布埃曾想叱吒畫壇，／可如今喬托成為風尚，／前者遂聲光暗淡。」

喬托並沒有也不可能完全解決透視的問題，他偶爾也不得不和習見妥協，比方他畫聖徒的光環，面向觀眾的沒有問題，背向的就仍然把光環畫在背後，實則遮蓋了臉面。不過喬托之後一百年，阿爾貝蒂（Alberti）才寫出透視學的論文（1435年），闡明焦點透視的原理：特定的人在特定的時間、角度的觀察；他的觀察有消失點。西方《聖告》以至其他的繪畫，終於告別中世紀呆滯、平面的畫法。十五世紀之前，《聖告》的名作，包括有加華連尼（Pietro Cavallini；1291年）；馬提尼（Simone Martini；1333年）；十五世紀後又有弗朗切斯科·德·科隆（Francesco del Cossa，約1470-1472年 ）、波提切尼（1489年）、腓力波·利比修士（Fra Filippo Lippi約1450年），以及低地畫家克里司圖斯（Petrus Christus；1452年）、范·艾克（Jan van Eyck）在十四世紀末、魏登

魏登《聖告》，十五世紀中期

（Rogier van der Weyden）在十五世紀中的作品。後二者已同樣把加伯列安排在左邊，衣飾都畫得極盡富麗堂皇之能事，畫技已臻登峰造極，但施與受的天平，不免左移。從《聖告》也可以看到弗德蘭畫家對物質的肌理、佈置的興趣，難怪後來出現大量禽鳥、花卉、食物等靜物的細緻描摹。其中馬提尼的瑪利亞上身後退，略顯驚異的神情。克里司圖斯的天使身穿素白，瑪利亞反而披上紅衣；在哥特式的教堂內，中間開了一小門，把觀眾的視綫引向遠方的屋宇。至於利比修士的作品，則天使下跪，聖母站立，身軀很修長，趣味都在繁密的背景上，華麗雕琢的古羅馬建築，再遠處是花園，一如范·艾克、魏登和梅姆林，裝飾的東西譬如衣服的紋理，幾有喧賓奪主之勢，令人覺得畫家對繪畫本身著迷的程度，遠遠超過要繪畫的對象。這位修士的生平，經過瓦薩里道聽途說的渲染，變成輕薄不羈的人物，跟安基利訶形成對比，儼如一對好壞天使。

在科薩的作品裡，背景是複雜華麗的門廊，瑪利亞彷彿從深宮裡出來接受聖告，奇妙的是畫右的地上，出現了一隻爬行的蝸牛，在畫框邊緣，介乎畫裡畫外，令人遐想。到了洛圖（Lorenzo Lotto; 約1520年），同樣別出心裁，把瑪利亞和天使的位置重調，瑪利亞面向觀眾，兩手從合十裡分開，臉容可仍不失莊重；二者之間，不是百合花之類象徵之物，而是一頭驚惶走避的貓，平添了戲劇的效果。特別的是，右上方，同時畫了上帝，騰雲而下，模

樣似來自米開朗基羅；祂既親臨，又差信使，雙管齊下，洛圖之前已有先例，包括科薩、安基利訶修士、莫納科（Lorenzo Monaco; 1296-1350年）在內。芸芸《聖告》，總括而言，大抵讓天使跟聖母春色平分，甚至多分，不妨說是畫家對天使的讚禮。這方面，畫家未始不是另一類的專遞，身無彩翼，不以速度爭勝，卻有靈光的想像，再用本行的色彩語言加以發揮；成功的，甚至賦予訊息更新、更富彈性，也更有個性的生命。藝術為信仰加添翅膀，把它帶到更遙遠的地方，而且有解除敵意的力量。我不是信徒，我是看了藝術的傳譯，才回頭來翻查聖經的。

我對天使的興趣，的確是拜藝術家所賜，我曾嘗試在歐洲不同的地方玩味這題材。同一的消息，在不同時空的天使會說出微妙的變化，天使與天使其實也在對話。在比利時根特看到范‧艾克兩兄弟的三折屏風祭壇大畫《羔羊的讚禮》（約1432年），我曾低徊良久。這畫人物眾多，氣勢磅礡，下折的羔羊站在祭台上，成為焦點，台下圍了一群天使，其中前面左右兩位，拋動小香爐；上面的外折兩側也描繪了《聖告》的場面，像喬托那樣，天使和瑪利亞分站兩邊，都穿白色素衣。但印象最深刻的，還是喬托在帕多瓦的《聖殤》，這是整個故事的高潮，儘管餘音裊裊：基督從十字架卸下，天地為之悲慟，聖母和聖徒固然抑鬱含愁，右邊山岡上一棵枯樹，上面慘藍的天空，有十個小天使，飛翔的姿態有異，更激情地表現出不同的悲

喬托《聖殤》，約1304-1306年

苦，一個掩面，一個仰天，哀慟之深比人間尤有過之。喬托運用了透視縮短法，天使好像要飛出畫面外。如果孤立地看，這不無濫情之嫌，但因為經過一系列連環圖式的鋪陳，至此才讓抑鬱的感情釋放。然則天使，豈止是信差而已？他們用肢體語言傳遞了整個新約的悲劇。

十八世紀以後，天使逐漸在畫壇消失，大部份的天使，在震耳欲聾的工業革命降臨之時，飛走了。其後代之而起的，是飛行的鐵鳥，是ＤＨＬ，是ＵＰＳ。與其說是天使變了，毋寧是讓他們翱翔的空間變了，一直在變，從灰泥牆壁，到畫板，到電影的屏幕上，流落在柏林的穹蒼下，以至荷里活幾則溫情的流行小品裡，你發現他們，更多的時候，原來屈居在聖誕卡內，必須貼上足夠的郵票，才能夠飛出去。人類送給他們的光環，像分了手的情人，無情地取回。當倫勃朗在十七世紀描畫《創世紀》裡雅各和天使摔跤的故事（1659年），他把兩者的搏鬥，表現為擁抱；到了十九世紀末的高更，同樣的故事，卻成為一群農婦眼中夢幻似的情境（1888年）。這是多麼大的變化。傳譯聖經的信徒本來就相信，這摔跤天使，其實是上帝的化身。高更本來想把作品送給他當時寄寓附近的阿維納橋教堂，卻被神父拒絕了。諷刺的是這畫仍被印象派大師畢沙羅斥責為倒退。近代最佳的天使，倘由我選，則我寧選不以天使之名出現：王爾德《快樂王子》裡的燕子。牠替王子把寶石、信心、溫暖等帶給貧窮愁苦的人，而牠自己

其實並非賴此為業，牠只是義工，只因為王子這個人間天之驕子自己做不來，他是一座雕塑，唯有由牠代勞。牠送這送那，耽誤了飛往南方避寒的時限，結果賠上了性命。牠不佔書名，卻擔戲相當。所以，王爾德在收結時添上一筆：燕子死後，上了天堂，從此在天國裡榮耀上帝。牠好像終於成了名正言順的天使。

我當然還記得加西亞·馬爾克斯的《巨翼老人》，寫老天使落難人間，被農民收養，卻像馬戲班珍禽異獸那樣讓其他人買票觀看。那是文學藝術裡最老的天使了，人世的年華易老，哪怕是天使。當然，鄉村的神父鑑定後說，他未必就是天使；理由是：翅膀既不能區別鵰鷹與飛機在本質上的差異，又怎能據此識別天使？外表的有翼無翼，的確不能當是判別天使的準則。吵鬧的鑼鼓，不一定就是音樂。可是反過來，沒有翼，我們會相信他同樣是可以帶給人溫暖的天使嗎？貢布里希在《多比倫和天使》一文中說：「阿撒利亞被畫上翅膀，是因為沒有翅膀，就沒有人把他當天使。」另一位德語作者Gottfried Knapp在《天使、天使長，以及天空中的伙伴》中認為天使有翼，純是藝術家的創造，濫觴自四世紀時羅馬Santa Pudenziana教堂一位無名鑲嵌畫家的作品，此前並無任何經文的記載云云。不過現存最早的有翼天神，應數雕刻在瑪雅文化遺留的神柱上，可遠溯至公元前400年。此外，我嘗試翻過正典經文，自覺不夠用功，仍讀到《舊約·以賽亞書》第六章第

二節，的確寫過幾位天使長撒拉弗（Seraphim）有翼的記載，這是以賽亞見的異象：

> （主）之上有撒拉弗，各有六個翅膀：用兩個翅膀遮臉，兩個翅膀遮腳，兩個翅膀飛翔。

不單有翼，而且有六翼。要飛翔，兩翼就夠了，其他的，原來另有作用。死海昆蘭發現完整的《以賽亞書》古抄本，為耶穌之前百多年之物。可見藝術家並非向壁虛構；不過，儘管並非傳訛，卻有推波助瀾之功。這些翅膀，偶而竟也回送到上帝去了。喬托在阿西西畫有六翼上帝；在羅浮宮的《聖法蘭西斯接受聖痕》，同樣繪畫空中的上帝，雙手雙腳射出神靈的光綫，與地上的聖徒法蘭西斯串連；上帝，身前身後也有六張翅膀。說來有趣，中國敦煌的壁畫飛天，源自西域，頭有光環，但並沒有翼，只見畫上的衣袂巾帶飄動，體態彎曲，即意味飛翔了；一如中國的龍，也並不插翼，在龍身這裡那裡畫上煙雲，遮遮掩掩，就產生龍飛在天的效果。不騰雲駕霧的龍，恐怕只是四腳蛇而已。西風東漸，到了西魏，大約公元500年，壁畫家融合了釋道，再加上中原的神話故事，這才出現肩帶藍綠色雙翼的羽人，那才是有翅膀的天神。敦煌的飛天，說法者有之，散花者有之，穿樓而過者有之，最多的是伎樂，尤其是伎樂，可以和千年後西方的樂團天使對照。在

福建泉州開元寺的飛天雕塑，開始添上翅膀，顯然是重新吸收西方的影響。十九世紀中旬，羅塞蒂（Rossetti）也畫了一幅有趣的《聖告》，加伯列在左，跟瑪利亞同樣穿上一式的素白衣裙，站立著，背向觀眾，這位詩人畫家好像要告訴大家：看，他沒有翼。貢布里希書獸子的問題：怎麼證明他是天使呢？羅塞蒂的回答是：他頭上有光環，手持百合花；而且，腳下一團火焰，彷彿中國神話故事裡的風火輪。當代哥倫比亞裔畫家博德羅（Botero）的天使，則是癡胖怪趣（1986年）——博德羅畫什麼雕什麼都像吹了氣，令人懷疑她多走也會累，如何可以起飛？

人類自從逐出伊甸園後，的確日漸不見天使了。一個沒有信仰的民族是可憐的，但把信仰絕對化的民族卻很可怕。不見天使日久，我們想念他，可是多見就膩。在《巨翼老人》裡，大家參觀完這個有翼的異類，終於失去興趣，到另一個新鮮的怪物出現，就轉移視綫去了，不能生財的老天使成為負資產。最後他調理好身子，飛走了，大家這才如釋重負。然則這一回，他帶來什麼訊息呢？如今面對越來越多的天災人禍，神話真的老去？天使曾經這樣慰撫我們惶惑不安的靈魂：不要怕。

2004年2月

重讀《快樂王子》

　　王爾德的《快樂王子》，也許應改名為《快樂的王子和燕子》，不是《快樂王子和燕子》。快樂是王子的，也同時屬於燕子；而且，如果這故事確乎寫的是「快樂」；反省快樂的意義，怎樣把快樂與其他愁苦的人分享，從而獲得真正的快樂，那麼，燕子所體驗到的快樂，其實絕不下於王子。一來，這「空中的活物」替王子把禮物分送給窮人，是快樂的天使；牠是勞而有得。其次，更重要的，牠原本應該飛到南方去，為了做王子的信差，不飛了；無視自身條件的限制，結果就凍死在王子足下。牠獲得快樂——我們人類的所謂快樂，是通過磨練的快樂。王子捨棄的是物質，儼如為前生還債；燕子卻犧牲了生命，以此生來成就他人。

　　故事開始時，王子已經成為了塑像，高高地聳立在城頭上，得見城裡許許多多愁苦不快的人事，於是要求燕子

把他身上的寶物逐一轉送給那些人。一開始，他反省的過程已經完成，只不過要借助燕子來實踐罷了。這種人物，無疑很扁平，反而燕子靈活得多，牠是從候鳥，輾轉掙扎，走呢還是不走，最後成為留鳥。

這是我重讀《快樂王子》的感想。卡爾維諾為古典下過定義，第一條就很調皮：所謂古典，就是那些我們說「重讀」而不會說正在閱讀的作品。重讀，那表示既不肯承認自己的無知，又肯定會有新觀點，跟其他人的舊讀法不同。不過，重讀的如果是童話，卻大概只說明這個讀者不長進，至少不肯承認自己長大吧；如果有什麼新角度，往往只證明長大之為事實，而時間不是沒有意義的。

重讀王爾德的《快樂王子》，是有見於現實的英國大小王子、公主，以至整個皇室成員，看來都不大快樂。天下間最受矚目的皇室，莫過於英國皇室，他們卻可能是最不快樂的一族。那位查理斯王子，更是一臉愁苦。多年前，他蒞臨香港時在我和朋友約會的地點出沒，保安不算嚴密，路好歹封了一些，我和朋友正為此納悶，忽爾就看見他在眼前不太遠的地方經過，朋友當時告訴我：這是位unhappy prince，他的國土其實在戲劇裡的丹麥。但粗看童話一遍，一如往昔，仍然對燕子的興趣多於王子。我每次想起燕子說令牠失戀的蘆葦有太多窮親戚，就覺好笑。燕子也有牠不大快樂的時候。積極的不快樂，其實可以令生靈思索，對生命從另一個角度重新閱讀。但也不見得人人

能臻此境，這多少要有點慧眼，什麼慧眼呢？是自己能夠抽身，從一個距離觀看自己。至於王子，他的問題，卻可能是闊親戚太多。他生時耽在無愁宮裡，舞照跳，馬球照打，狀甚快樂，如果歡娛等同快樂。這位王子，一如撒姆爾·約翰遜（Samuel Johnson）筆下那位長於快活谷的王子（*The history of Rasselas, Prince of Abyssinia*），不通世情。他無所謂不快樂，因此他的快樂，膚淺虛弱；直到他走出宮外，體驗了人間的苦痛，然後才相對地知道什麼叫快樂。自認為一生快樂的人，可能只是壞了的一支寒暑表，終年攝氏二十四度。

童話的收結，是天使把王子熔化不了的鉛心，以及燕子的屍身呈獻給上帝。上帝說天使做對了，「因為我可以讓這隻小鳥永遠在我天堂的花園裡歌唱，讓快樂王子在我的金城裡讚美我。」這是王爾德為童話添加的尾巴。他告訴我們：最後審判時，善有善報。至於那些爭奪王子鑄像留下的空缺而喋喋不休的市長、廳長，顯然是上不了天國的。報應云云，舊約箴言裡有記，也同樣是佛教的重要教義。但東西方宗教終究有別，在王爾德筆下，燕子表現了過人的道德勇氣，到頭來在天堂裡，也只是歌手的角色，而那已是無上的榮耀了，牠服務的對象是更偉大的上帝。唐·吉訶德騎的是馬，潘桑騎的是驢，未出場，角色已經分配好了。

但佛教也許不會這樣說，燕子經過輪迴轉世，也可以

成佛。《大智度論》裡就有釋迦牟尼本為鴿子而捨身投火以救餓人之說。鴿子是燕子的近親。這位淨飯王子，也曾享人間五慾，忽爾出家，受世間大苦，然後醒覺。童話裡的王子和燕子，都有大乘的菩薩心腸，自救且他救，王子是自覺的領悟，也善為指引；燕子呢則本無救人的想法。不過，這好比瞎子和跛子合作逃離火劫的故事，是色身和心識的二合一，所以最終的快樂，宜乎由二子共享。

　　我把王爾德的基督精神附會到佛教去，未免罪過，幸好王爾德不是說過：「我們不要再嚴肅地談論任何問題了。我深深感到我們是坐在只有蠢人才被嚴肅對待的時代裡，而我自己則生活在只怕不被誤解的恐懼之中。」王爾德坐牢之前，過的豈非王子生前那樣的生活？

1997年

與蘇格拉底講和

一

辛波絲卡在諾獎演講詞裡談到詩人的身份、形象，她說：今天的詩人是懷疑論者，尤其是對自我感到懷疑。她舉俄裔詩人布洛斯基為例，指出他被逐離蘇聯，被稱為社會的「寄生蟲」，是因為他沒有文憑證明自己是詩人。

當年的蘇聯政府不是反對詩、反對詩人，而是詩作要受審查，詩人必須欽定。布洛斯基事件，是柏拉圖理想國放逐詩人的現代版。寫詩，要麼成為有益社會管理的工具；不然，就是有害。害群之馬，合該被逐出馬廄。要做詩人，先要做政治正確的好市民。

辛波絲卡娓娓細述詩人自我懷疑的想法，謙遜而親切；雖非新創，卻極切合這個資訊爆炸，知識愈分愈細的時代。我想起柏拉圖，想起柏拉圖的老師蘇格拉底。西方的懷疑論，至少可分三派，最早的是蘇格拉底，是皮浪（Pyrrho），後期的則以休謨為代表。蘇格拉底在柏拉圖筆

下，除了《法律》篇並不出場，在《政治家》和《智者》兩篇雖在場，卻並不重要，其他各篇都是主要人物，而且是正面人物。他不停質問對手，令對手發窘，從而「接生」真理。他自認無知，他的詰問卻可以證明那些口口聲聲自認有知的對手，那些對自己堅信不移的對手，其實是更大的無知。蘇格拉底唯一知道的是：自己其實並無所知。他在《泰阿泰德》裡說：「為別人接生是神給我的任務，神卻剝奪了我生育的能力。」有趣的是，無知竟是力量，是戳破自欺欺人的利器；而質疑各種人物的知識，不等於懷疑知識。蘇格拉底的確並非懷疑所有的知識，至少他對自己的無知就深信不疑；更重要的是，自認無知，可不是知識的終結，而是起點。只有皮浪才一疑到底，根本否定人的這種自審的能力；否定一切知的可能，結果是虛無。至於休謨，則認為唯一知道的存在是知覺，知覺經驗以外，其他都不可知。辛波絲卡的懷疑論，最接近的是蘇格拉底。

蘇格拉底也最富詩人氣質；跟詩人的關係錯綜複雜。他從未主張廢詩。楊絳近年譯出的《裴多》可以佐證：蘇氏與青年詩人為友；他坐牢面對死亡時，甚至想到要作詩，要成為詩人。但控訴蘇氏的原告，其中一位就是詩人。這位詩人的名字叫梅利多。可悲的是，他的名字得以流傳，並非由於作品。多年前當我知道是一位詩人控訴蘇格拉底敗壞青年，逼使蘇格拉底服毒而死，感到很困惑。

那是我沉迷寫詩的年輕時代。

另一位對蘇格拉底之死有幫兇之嫌的是喜劇詩人阿里斯托芬，他的《雲》把蘇格拉底嘲弄得瘋瘋癲癲，而且像布洛斯基那樣被誣為「社會的寄生蟲」。真是名滿天下，謗亦隨之。當然，構成蘇氏的死罪，要深刻得多，罪狀涵括政治、宗教，以至道德。不過，我們要是重新看看他對詩人的批評，未嘗無補於自省。他的意見主要有三點：首先，詩人作詩並非出於智慧，而是由於天份和靈感，所謂靈感，說得玄妙，好像「神靈附體」，詩人不過是神媒而已。其次，詩人說得多又說得漂亮，但其實自己也不知所云。第三，詩人能寫詩，便自以為在其他事情上也高人一等，驕傲起來。

伽達默分析柏拉圖對詩人的批判時，精闢地指出，在柏拉圖設計的理想國裡，要培養正義的新國民，那是一種兼容剛柔的「和諧人格」，而詩人憑幻想煽動群眾的情緒，只會造成不安、騷亂；這是希臘傳統詩教的失當。詩人教導孩子正義，並非純粹為了正義本身的價值，而是為了因此帶來的利益。現存的城邦衰頹、腐敗，詩人難辭其咎。國家只有由哲學家而非詩人掌管，才能臻理想之邦。伽達默說：柏拉圖的矛頭指向整個希臘文化基礎、希臘的遺產。我們回過頭來看蘇格拉底控罪的第三點，當時的詩人不單沒有辛波絲卡所說的「懷疑自己」，更自以為是，自命不凡。在成為被告之前，蘇格拉底原來曾是原告，以

同樣的罪控告詩人：荼毒青年。

　　蘇氏的徒孫阿里士多德為詩人翻案，認為文學有「洗滌」情感的作用，認為詩人是寫「可能發生的事」，有預言之功，詩甚至比歷史還要真實，普遍真理高於特殊真理。這是針對柏拉圖的立論。西方對詩人的看法，過去很長的時期，概而言之，其實並不平衡，並不把詩人當常人，而是一種另類；在好與壞之間擺盪。

　　詩人怎樣看自己呢？經過許多世代，許多不同的際遇，除非他放棄詩這事業──放棄的原因，所在多有，對詩的期望過高而終於失望可能是其一，發覺「詩並不令任何事發生」（奧登悼葉慈句）可能是其二。至於留下來的，跟那位和蘇格拉底打官司的詩人差堪彷彿，甚少懷疑自己。十八世紀末浪漫主義時代的拜倫、雪萊，自信更高達頂峰。他們認為詩人可以為萬事萬物命名，詩人有這樣的特權（poetic license）。雪萊為詩抗辯，另有現實的意義，那是對快將君臨的機械時代的懷疑與不安，是詩人對自我最後的肯定。

　　自大與自卑，不啻孿生子；自誇，有時只是心虛的表現。在蘇格拉底的時代，「人必須訴諸荷馬才能證明自己全部知識的正確」（伽達默語），這時代顯然一去不返了。儘管沒有政府要廢詩，社會愈文明，愈肯定詩對美育的作用；但已甚少人會向詩尋求社會的實務知識。讀詩能够「多識草木鳥獸之名」，多識名字而已，真要認識草木

鳥獸，倒不如去讀植物學、動物學之類。今天的詩人，不可不自知，他的力量在維繫、拓廣一地一族的語言，在打磨、深化我們感受的能力。此外，問題不在詩人有沒有官方承認的文憑，有沒有詩人公會的license，而是從本質上說，在多元競秀的社會，分工越細，知識是流變的、分散的，我們不可能對一切都確鑿認定，自以為無所不曉。我們只知道，我們並不完美，我們並非全知。我們會犯錯，容許犯錯，我們在試錯，在不斷改過。文明就是在這種「試錯法」（method of trial and error）裡建立起來的。不單如此，就連詩這回事，審美的範式也在不停的轉移。詩有各種各樣的可能，詩人卻有這樣那樣的局限。王爾德在《作為批評者的藝術家》裡說：「只有在這個基礎上出發才有真正的寬容，不是對別人犯錯的寬容，而是認識到自己也常常犯錯。」

二

稍後於蘇格拉底的莊子寫《逍遙遊》，高舉「無待而遊於無窮」的理想之境，這是對世人汲汲立名立業、凡事講實用的消化劑。因為萬事萬物皆有所待（即憑藉），一無所待，只有在「無何有之鄉」。大鵬和小鳥都有所待，前者遙而不逍，要借助六月的大風；後者逍而不遙，只飛了數仞就力竭。不過小鳥自以為達到飛的最高境界，譏

諷大鵬，「雖遠亦奚以為」，卻是「小知不及大知」。至於人類，既受時空所限，更受名利自縛，當然更談不上逍遙。這是東西方兩位懷疑大師暗合之處：生也有涯而知也無涯；但無知，也有高下之別。

葉慈曾指出詩人在靈魂深處有一個「反自我」，跟「自我」對立，詩人是「在疑惑不定中歌唱」。和別人爭論，產生的是雄辯；跟自我爭辯，卻創作了詩。不管葉慈是否讀過柏拉圖晚年的《法律》，他毋寧在回答柏拉圖的詰難。柏拉圖在《法律》裡借一位詩人引用古語，揶揄詩人的自相矛盾：

詩人一旦坐在繆斯的三角祭壇上就昏頭轉向。他像噴泉一樣不由自主地源源噴出泉水。由於他的藝術只是模仿，他不得不矛盾地創造出跟自我對立的性格。他連自己也不知道哪些是真實的。

這是哲學和詩的對話，同樣的「反自我」，前者委諸自外而內的模仿；後者呢，坦率的承認：詩人的確有那麼一個跟自己作對的我，但這是自內而外的真誠表現，而不是外在的複製、簡單的再現。詩人把這個「我」對象化，而出諸美學的形式，對他審視，向他提問、詰難。這樣看，現今的詩人，已經靠近蘇格拉底；詩之外，詩人的確不見得比其他人優勝，公平地說，也不見得不如其他人。

他在語言藝術的本行之外，其實一如其他人。認為屈原、陶淵明的政見比其他人高明，只是偶然，即或是實然，卻並非必然。杜甫的詩藝集各家之大成，更難得有一種悲天憫人、民胞物與的胸襟；但政治理想，不過是「致君堯舜上」而已。李白呢，天寶之後誤投永王璘，最終放逐夜郎。無論哪一位詩人，固然無需自卑，卻也不應自大，都必須承認自己的局限、自己的無知。人的局限、人的無知，並非理性的科學所能克服，科學的作用正好使我們認清人的局限、無知。我們頌讚科學的成就，遵循理性作為人類行為的指標；但科學史，卻是不斷自我否定的歷史。每次科學的發現，與其說是人類高明的成就，謙虛的人寧願說，適足以說明我們在茫茫宇宙裡的無知。

文學藝術的精神，就是一種批評的精神，批評的對象包括作者自己，自我批評，是一切批評的起點。他在詩裡質疑權威、反對定見、反對把問題簡化；他同時懷疑自己，他爭論的對象，毋寧就是自己。葉慈這樣自剖，在作品裡也體現了他的想法。特里・伊格頓分析葉慈的名詩《1916，復活節》就指出這一點。葉慈晚年參政，許多人認為相當保守，但何損於他的詩藝？再稍早些，塞尚也質疑自己的視覺，進而把這種惶惑猶豫的視覺經驗表現在畫板上，展開了西方畫壇對焦點透視的消解。在詩人、畫家這些自供裡，總會有人借來攻擊他們，企圖抹殺他們，豈知這正是文學藝術的魅力？梅洛—龐蒂（Merleau-Ponty）

在《塞尚的疑惑》裡剖析塞尚創新的成就後，有這麼一句：「塞尚之難，在難於啟齒第一句話。他認為自己無能為力，因為他並非萬能，他不是上帝，卻妄想畫出世界，妄想把世界完全改變為景物，並讓人看到，這個世界是怎樣打動我們的。」

如果不嫌嚕囌，我還打算多引一段畫家的話。辛波絲卡舉蘇聯拒絕承認的布洛斯基為例，可沒有提另一個被蘇聯捧為典範的前輩馬雅可夫斯基。這位詩人大抵在柏拉圖的《理想國》裡同樣會被奉為上賓。不過在夏加爾的自傳裡，我讀到有趣的一段，不失為一個畫家精警的詩評：

詩人會議上，馬雅可夫斯基叫喊得比誰都響亮。

我跟馬雅可夫斯基不是朋友，儘管他在送給我的一本書上題上這樣的話：

「上帝保祐，願每隻豺狼都像夏加爾！」

他已覺察到，我討厭他大喊大叫、往大眾的臉上吐口水。

詩幹嘛要吵得人耳聾呢？

我更喜歡葉賽寧，以及他那難以描繪的露出雪白牙齒的笑容。

他也喊叫，但那迷醉他的不是酒，而是神聖的靈感。他也眼淚汪汪地揮動拳頭，但敲打的不是桌子，而是自己的胸腔。而且，他的唾沫不是吐給別人，而是吐向自己。

詩幹嘛要吵得人耳聾？詩人幹嘛要頤指氣使，要支配這些人、審判那些人？他根本無需隨從，他只是他自己。他只有他的作品。他的詩有所懷疑，那是對權威、定見懷疑，一如他懷疑自己。他可不是要取權威而代之。當然，懷疑一切，會淪為虛無，會變得麻木不仁。據說皮浪在年輕時一次散步，目睹老師跌落泥坑，他視若無睹，繼續自己的散步，因為不能斷定這一種行為會比另一種行為更聰明，拯救溺者會比不拯救更有益社會，於是把判斷懸置。別人都譴責他，妙在老師倒反過來稱讚他，斷定他深得懷疑哲學的真傳。誠如埃涅西得姆（Aenesidemus）所說，判斷懸置只是哲學的理念，並不能貫徹到日常生活去。是的，我們其實無時無刻不是在抉擇、判斷。即使皮浪也不會懷疑：餓了要吃，一頓美食會令人感覺良好；這個方向可以回家，另一個，只令我們走進死胡同。但對人漠不關心，麻木不仁，這才是皮浪之流與現今詩人的分別。

從這一點看，現今的詩人，已經跟蘇格拉底和解，在庭外，在詩裡；不止和解，也許，他應該跟蘇格拉底同罪，受到自以為掌握真理、自以為高人一等之人的審判。

2002年2月

環遊世界八十年

一

目前我們看到的太陽的光，是八分鐘之前的，它要跑漫長的路程，以光的速度，來到我們生活的地球。有一天，當太陽的光耗盡了，我們還有八分鐘的時間。八分鐘後，一切才歸於黑暗、寂滅。

八分鐘，夠我們跑上超光速的宇航船，啟動熒屏，在芸芸銀河系裡，挑選另一個；或者，其實早就選好了，不過多瞄一眼，還可以改變主意。選一個銀河系，那時候會像選新樓房——那時候，我們當然早就看過若干示範單位，早就做好搬家的準備。一切都在意料之中，不過像出遠門那樣，關門前，終止電源、擰熄所有的燈。分別只在，我們不打算回來了，不可能回來。或者，你會去一次洗手間，那毋寧是心理作祟。你會想打一個電話，對方就出現在熒屏裡，嗨，準備好了麼。八分鐘，夠我們乘坐宇航船，再環繞地球，粗看一遍。你曾經看了最後一次落

日，重溫了一些印象派莫奈、畢沙羅等人的畫；那是許多世紀前畫史上初次發現光對藝術產生作用的作品。時間愈來愈少了，你忽爾有一種依依不捨的感覺。又或者，你把所有通訊系統關上，心想讓我看完手上的書再說。

最後的八分鐘，你會做什麼呢？這題目看來比假設一個人流落沙漠荒島之類要有趣。你或者嫌八分鐘太少，那麼八天吧，八十天吧。八十年吧，你一生的時間。

二

少年時學英文，看了不少朗文版的名著節本，其中印象較深的是法國儒勒‧凡爾納（Jules Verne, 1828-1905）《八十日環遊世界》的英譯，後來還看了由大衛‧尼雲主演的改編電影，選他扮演那位一絲不苟，也一成不變的英國紳士，當時真不作第二人想。他刮鬍子時必須要華氏八十六度的熱水，原先的僕人送來八十四度，被他辭退了。可是英國紳士途經印度時順便拯救了的印度西施竟由莎莉麥蓮扮演，卻顯然出於票房的考慮。難道說印度果爾並無美女？最大的問題是，印度的野蠻必須由英國的文明拯救麼？莎莉麥蓮演過比利懷德的《花街神女》（*Irma La Douce*）、《公寓》（*Apartment*），原是我少年時的偶像。至於那位忠僕，由喜劇演員康丁法拉斯演出，能通多種語言，多才多藝，既會在西班牙鬥牛，在美國西部和印第安

人作戰，又會在日本玩雜技，一味闖禍，總又逢凶化吉；主僕成為對比。這是齣以異域獵奇為賣點的荷里活電影，卻帶給我世界各地形形色色的新奇，這方面無疑比小說要形象、具體得多。只有在他們路過香港時電影才露出破綻，那裡的人竟然以鴕鳥作為交通工具。這可是我生長的地方啊，熒幕上的世界才忽爾變得遙遠而陌生起來。

　　無論如何，少年時的確看過許許多多的電影，以電影作為主要的娛樂，而且通過電影去觀看世界。這個世界，說起來，好像都已經成為過去的世界了。我是在大學畢業以後才踏足香港以外的地方，比如澳門、中國大陸。比起如今的毛頭，當然不可同日而語，他們坐厭了飛機的經濟艙，懂得跟父母討價還價要坐商務客位。早二十年前，仍然聽到人以「環遊世界」作為一朝致富、悠遊享樂的口頭禪；環遊世界，曾是我們一輩人的共同夢想，那是物質匱缺的年代。但時移世易，重看這本書，並且找來電影再看一遍，卻有了不同的想法。英國紳士那種對世界的遊法，其實並不值得效法。

　　對這位「跟倫敦圖索德夫人蠟像館一樣活生生」的英國紳士來說，速度令世界變小了，他上路環繞世界，不過源於在俱樂部玩牌時的一場賭博，他認定世界很小，要環遊一周，連惡劣天氣、火車出軌、海難等等意外計算在內，只需八十天就足夠了。對手不同意。他於是不惜以全部家財跟人打賭，由自己上路去證明。他沒有怎樣

備課，旅行袋塞滿了英鎊，馬上就和新僱的僕人動身。世界，你覺得它小，它果然就很小。旅途裡，他遇到許多困阻，其實也在意料之中，可他逐一克服了：他的辦法是掏出英鎊，一路買車，買船，買這買那。他是用錢把世界買小的。他最後贏得了賭博、贏得美人、贏得了世界。為了趕時間，他所到之處，並沒有用心觀察，更沒有在其中生活，他對各地文化根本沒有興趣，更遑論尊重了。回家後，他還是那個守時、慷慨，卻自以為是的紳士，也許只會變得更自以為是。他不是守財奴，卻是守時奴；死守一種絕對的時間。他不過每天按照時間，從住家到俱樂部，來回踱步，不，一生老在原地踏步。在外頭繞了一圈，花了八十天，卻始終沒有走出自我小小的世界。正是他以為自己準確無誤的袋錶，幾乎把他出賣了。

三

凡爾納有「科幻小說之父」的美稱；他的作品，魯迅早期據日語本譯寫過他的《月界旅行》（出版於1903年）、《地底旅行》（1906年），卻把原作者張冠李戴，弄錯了。魯迅認為科學小說，在當時的中國，好像鳳毛麟角；這類小說可以破除迷信，改良思想。不過百年以來，科學的進步，又不可以道里計。凡爾納之作，寫於愛因斯坦發表相對論之前，那是相信時間是絕對的、分毫不差的

時代，卻同時是帝國主義的霸業如日方中的時代。根據賽義德《東方學》（Orentalism）的轉述，1815至1915百年之間，歐洲直接控制的地球土地，從35%擴大至85%，而最大的殖民帝國是英法兩國，兩國時而聯手，又時而成為敵手。當時的中國即曾飽受此苦。這所以，1870年，當英國紳士和法國忠僕結伴出發環遊世界，至少在大部份地方都得以通行無阻。其實遲至1970年初，美國國務卿基辛格論述美國外交政策時，仍以牛頓前後來劃分東西方野蠻與文明的世界，這種二元對立的思維方式很簡單：西方有牛頓；東方沒有，所以凡事不準確。天曉得那無非是五十步笑一百步而已。愛因斯坦修訂牛頓的時間觀念，告訴我們，時間和空間相對，豈有抽離於空間之外的絕對時間？自以為掌握了某種至高無上的時間，據此作為其他空間的標準、規範，只是另外一種野蠻。但偉大如愛因斯坦何嘗沒有局限？據說他就忽視了量子力學的隨機、不確定論。

那是迷信速度的時代。凡爾納在生時目睹人類發明了飛機、飛船、潛艇，他把這些都寫進科幻小說裡，開拓了無數人的想像。那是人類和現代科技的蜜月期。他上天下海，甚至走進地心，充滿探險精神，目光非凡，可是另一面當他偶然俯視腳下的地面，卻並無過人之見，甚至仍受限於他的時空環境，不能跳脫西方中心的成見。他對英國上層社會生活枯燥、無聊、好賭、死守時間觀念，以至英國偵探的謬誤，不免揶揄一番。關鍵時刻，還是那位一路

闖禍的法國僕人告訴英國的主人時差的問題，把敗局扭轉。然而勸百諷一，到頭來凡爾納肯定紳士環遊世界的方式，美化他的「見義勇為」；這小說成為速度的頌歌。

回想我們的古人可沒有這種運氣。屈原涉江，杜甫入蜀，東坡遠謫海南，走得多麼艱苦？他們都等不及以航機、郵輪代勞，哪怕是經濟客位、下層三等艙。唐朝李德裕被貶海南時，北望長安，竟有「鳥飛猶是半年程」的深歎。他們都不能想像，我們早上在海南島的天涯海角散步，下午已經可以在周莊喝阿婆茶；清晨在香港和荷蘭的友人通話，得時差之助，晚上兩個已經在約定的地點碰頭了。但科技本身是中性的，端看你怎樣運用；而得失之間，豈能遽下定論？從飛船下看，獲得的是圖案化的平面，這是十九世紀前所未見的視野，卻是以透視、深度為代價；從奔馳的機械觀看的物事，空間壓縮，會變得浮光掠影。由此而下的價值判斷，就嫌輕率了。

四

如今我們的速度只有更快，要環遊世界，八天，八小時，甚至八分鐘已非不可能了。但多餘下來的時間是否就更有意義呢？人生是否就變得更充實了呢？要是那位英國紳士重遊這個一百年後的世界，只要不再迷信速度，不再泥執成見，一定會後悔自己來去匆匆，錯過了許多東西；他一定

會不斷調校自己的鐘錶。如果再加留心，他或者會懂得尊重「他者」，不再認定自己的生活方式是唯一的方式。這個世界繽紛多元，我們唯有在互相尊重裡彼此競秀。是的，運動場上人類一直和時間爭鬥，但觀看世界，何不放慢速度，留心細看，放下我們有色的眼鏡。八十天環遊世界，有什麼了不起，對將來的子孫來說，不啻龜速。將來，他們必定可以走得更快，更遠。那麼，何不放慢腳步，虛心地邊學邊看，不斷調整自己觀看的角度。我們甚至不怕走回頭路，許多地方，重遊一遍，會發現不同的景觀，因為物事會變，我們自己也會變，於是相看兩不厭。

　　想來環遊世界這個「遊」字最富意味，施施而行、漫漫地走，仔細玩味，才稱得上「遊」。否則只是奧林匹克式的競跑。「逍遙」一詞，《詩經》已有，《楚辭》也出現過幾次，唯獨「逍遙」與「遊」連用，則是莊子的發明，這種「遊」，不單是形軀破解束縛，更是精神、思想的自由，莊子《人間世》裡所謂「遊心」。願天假我們以年，環遊世界八十年。八十年？要是認為那終究是一個時限，像《逍遙遊》裡的大鵬和小鳥，大小雖殊，卻同受時空的限制，仍不得逍遙，那麼何不放下手腕的鐘錶，放下對自我的執迷，管它八十年、八十天，甚或八分鐘，就享用當下的光和熱，在它變壞，或者變得更壞之前，庶幾無負我們或長或短的一生？

2002年12月

夢回半坡

　　大約二十年前到過西安半坡的遺址，看新石器時代先民的生活，那時沒有太大的感受，只是若干年後，本來甚少做夢，一次卻半睡半醒看見許許多多破舊的陶缽、陶盆，盆外有魚紋、網紋，盆內有魚的彩繪，盆水搖蕩時，魚就轉活過來，游來游去。那時不能確定是在什麼地方見過，也許是由於有一段日子，對古陶瓷產生濃厚的興趣，翻了一些書也未可知。其後幾次到土耳其，最叫我流連低迴的，是杜柏奇皇宮的廚房，廚房的煙囪不吐煙，已改成博物館，珍藏了豐富的中國古陶瓷。後來，一次歐遊，在蒙特里安那些色澤鮮明的幾何構圖前面，目眩心惑，我想起什麼呢，竟是六千年前半坡村裡我們祖先的繪畫。那才驚覺，我一直念念不忘的，說不定就是半坡人彩繪的圖案、紋飾？

　　許多年後重返半坡，再細看半坡人的彩陶，既有久別

重逢的欣喜，也有重新認識的愉快。半坡的擺設變了，甚至整個西安看來也變得不少，我幾乎認不出來。在轉變裡，我們有所得，其實也有所失。多年前訪西安，同遊的朋友裡有我們的畫家朋友蔡浩泉，我們從西安出發到新疆去。阿蔡沿途畫了不少素描；有時放下筆，就用粗髒的大手搔披散的獅子頭，開口不停地讚歎。這些素描，有些成為了他回港後舉行畫展的底本。他在半坡博物館裡沒有畫什麼，看來也不打算畫什麼，但看了一陣，若有所悟，隨手在記事簿上臨摹了一張左右橫伸兩隻大耳的圓形人面，兩隻大耳，原來是魚。那圓形人面很有趣，眼睛瞇成橫綫。那些魚或向左，或向右，都只畫側面，只有人面才畫正面，面對觀者，模樣詭異，甚至有點魔幻，人和魚連體，既敵且友，彼此依存。這人面出現在不少陶盆裡，在重複裡又有變化，儼如母題，頗有圖騰崇拜的意味。但並不邪氣，也沒有霸氣，倒有些憨氣。這形象如今是半坡的標誌。阿蔡把兩邊的魚畫得更誇張，而且頭頂紮了一條小辮子。這些年，阿蔡要是沒把長髮刮光，也在腦後紮一根小辮。阿蔡告訴我他的發現，我們相顧莞爾。這是一個畫家向另一個畫家的致意，彼此相隔六千年。他把畫送了給我。我把它夾在書本裡，然後，就在書叢裡消失了，不，游走了。

畫家朋友也走了，而且轉眼又快一年，走進我們的夢裡。重遊半坡，再細看那些生氣勃勃的魚，有的細眼張

口，似在微笑，是的，許多都像在愉快地微笑，彷彿很滿
於現狀的樣子；也有一尾怒目裂嘴，露出鋒利的牙齒。
阿蔡說過，藝術無所謂進步，只有不同時期、不同媒介
的表現。我想，所謂幸福，何曾因為物質條件的進步，
而變得更靠近人類呢。那些紋飾、魚，畫在陶盆裡，或者
畫在陶盆外壁的上方，明顯是考慮到觀看的視綫，那時還
沒有几桌之類，半坡人就地蹲坐，而缽盆就放在地上。至
於提水的尖底瓶，那是半坡人的另一傑作，則放置在泥孔
裡。陶器都用手造，先民用一雙雙粗大的手摸捏、塑造，
裝飾紅、黑兩種紋彩，再經過九百至一千度高溫的燃燒。
而缽盆的上沿，對畫家來說，是比較寬廣的空間啊。這空
間，表現了他們的生活，同時寄託了他們的夢想。那時大
概還沒有專業的畫家。不過，半坡附近曾經出土畫家的墓
葬，墓裡發現一套畫具，在半坡博物館裡所見，包括有蓋
的石硯、陶杯、石研棒、幾塊紅色的顏料。當時一定已有
畫筆，只是已腐化而已。可以想像，有那麼一位素人畫
家，漁獵種作之餘，勞者歌其事，他在陶器上繪畫。畫什
麼呢，畫奔跑的鹿，或者站定但側著臉保持警覺的鹿；畫
草，畫蓬勃舒伸的草；畫河水，畫遠山；畫他最擅長的
魚，畫各種各樣的魚。半坡人已懂得飼養豬狗，會種粟、
白菜、芥菜，並且會用石斧石鋤打獵，然而還是魚跟他的
生活最密切，太密切了，這些魚，他在滻河上看過並且用
骨叉用魚鉤用繩網捕獵過，看來捕之不竭，足以幫補家

畜、採集以及其他狩獵之缺。生活並不容易，生活何曾容易過？但他是愉快的，他甚至應該是幸福的。他日漸掌握生活的能力，而繪畫的技巧也越來越成熟。據說時間是最好的老師，這老師到頭來可是把學生統統殺死了。時間老師殺不死的，只有藝術；殺之不死，它轉而成為磨洗、淨化的工具。這些魚，從具體細緻的身軀逐漸蛻變，先是魚鱗，魚眼，最後只賸下魚紋，水紋，網紋，綫條，最後擺脫了形骸，成為幾何圖案，成為抽象的藝術。

2001年4月

江南水鄉

一

　　說江南水鄉，好像必得用一種緬懷的過去式。我倚坐在周莊臨河的樓頭上，喝阿婆茶，茶點是茴豆、醃莧菜，開始組織我對水鄉點點滴滴的印象。來周莊前有朋友忠告我，別喝那裡的水啊，總有人在上游用這水洗滌什麼，洗衣洗菜，甚至洗便桶。回來後，另一位朋友也這樣再向我告誡一遍。我也讀過不少文字，說周莊已經受商業污染了，過去的周莊並不是這樣的，要來應該早二、三十年就來。我喝了兩口茶，忽而想起種種叮囑。但我同時讀到一些材料說，水鄉人過去吃的主要是「天落水」，用水管引雨水落入水缸貯存；倘久旱不雨，就吃井水。近年則自來水普及，河水，只供洗濯而已。紹興就是這樣，是否其他水鄉也是這樣，我不得而知。當走累了，坐下來，奇怪一種若有所失的感覺就無端襲來。來不及就來不及了；面對不捨晝夜的河水，我們大概永遠都有一種來不及的感覺。

老闆娘為我們推開樓頭的窗。這時河上不遠處傳來「搖啊搖，搖到外婆橋」的歌聲，馬上就見一位搖櫓的中年船夫在樓邊出現，那麼貼近，向我微笑，不久又過去了。那是我童稚年代就熟悉的歌謠，由母親教我唱過，只是用南方不同的言語。歌聲把我帶到更遙遠的過去。下一句是什麼呢？我怎麼會忘記母親唱的下一句呢？「這許多的橋，外婆的那一座，大概不會太遠，」朋友說；我這才從遙遠的過去回到現實的水鄉來。

晚上忽然夢見母親，只出現那麼短暫的一刻，彷彿她就曾在這水鄉生活過，也像這裡的尋常婦女，蹲在門前的水埠，用這水為家人洗菜搗衣。

二

某年在蘇州看園林，看了三、四十個之後，昏頭轉向，只覺得整個蘇州就是個大園子，園裡有園，自己不過在個別的小園裡蹓躂搜尋，最後渾忘了它們的差異，好像飽饜一大頓美食，美則美矣，卻要時間消化。反而把眼睛放開，發現水鄉的每一座橋都各有特色，而且各有名字，不覺大驚小怪，一路讀着橋的名字，讀了半天，那時跟朋友說，什麼時候，我們專來看橋。後來在一家小店裡看到日本人拍攝的水鄉石橋攝影集，邊翻邊想：為什麼我們的中國人不來做，要由外人來完成呢？當時沒有買，過了就

有點悔意。水鄉的橋，沒有人能夠網羅殆盡，更別說壟斷了；可以讓不同的人，不同的媒介來表現。後來，我也陸續看到內地這樣的作品，有的純用圖像，更有的圖文兼備。有趣的是，當時一位三輪車伕告訴我們，曾載過那麼一位日本人，有點玄妙，只要帶他看橋；車他可沒有坐過多少，因為跑不了幾步，他就下來不停拍照。

水和橋，構成江南水鄉兩大形象。無水不成橋；有了橋，水才變得有人氣，有生命。彷彿實詞與虛字。實詞當然重要，實詞是要具體表達的什麼，可是別看輕虛字，那是作者的語氣、腔調。通過虛字，可能才看出真正的意思。別把虛字都刪掉。橋把水間斷，卻把兩地連接。水和橋同樣載人，但水是流動的，逝者如斯，上流下游，來一個少年，好快走出一個老頭。橋呢，它是人走出來的；自造成之日起，其中不少始自明清年代，卻竭盡職守，直至海枯石爛，修無可修。水有時會發出細微的聲息，跟風跟船應答；橋總是默默承受，當它發聲，那只是人在上面走過的回響。它會聆聽所有走過的人的腳步聲。我們在同里找尋計成的故居，問人，就說：在烏金橋旁邊啊。這位冶園大師的故居，除了門面、外形架構，內部已雜亂荒蕪。為什麼不把故居修葺成展覽館呢？如果烏金橋早生於計成，它一定記得計成。

多走幾遍，我們一定也學會用橋來認路。

三

　　城鎮好像也有性別，因為一般人都把江南水鄉看成陰性。女子是水造的，賈寶玉這樣說，他當然絕無貶意，一般人看江南女子，大抵也沒有非我族類的意思，充其量是我見猶憐，如此而已。江南女子，彷彿總有一雙水汪汪的明眸，美麗、善感，而且柔弱，那形象是傳聞中紹興的西施、鄭旦、曹娥、唐琬，杭州的蘇小小、祝英台，蘇州的芸娘等混合。當然，整個文化氛圍也可能產生作用，寫意空靈的文人畫、含蓄精緻的園林藝術等等。山明水秀，在煙雨迷濛裡，她們打著傘子，婀娜娉娉地出現在深巷裡；時而在水埠浣紗，在樓頭上晒衣，勞動並沒有使她們變得粗壯雄健。又或者，仰起頭來，就看見她們倚坐在走馬樓的美人靠上，在看什麼，也看來像等什麼。不然，要是她們缺席了，春帷不揭，門扉緊掩，打從江南走過的詩人，就會自稱：「我達達的馬蹄是美麗的錯誤／我不是歸人是個過客」。

　　上述的名字，過去還有人加上吳江（一說嘉興）的柳如是。柳如是得陳寅恪的辯誣雪謗，才比較多人了解。這麼一個女子，容或多病纖纖，精神氣性卻堅定果敢。她比錢謙益，比許許多多當她和錢氏結婚時，向她的船上扔「瓦礫」的明末縉紳要高風亮節。她並非「禍水」。錢謙益降清，她苦勸錢殉節，錢謝不能，她即自己奮身投水，

不果。在她的激勵下，錢轉而積極參與復明運動，不致沉淪到底。錢過世後，族人奪產，她最終又以死平息風波。她詠西湖的作品，固然傳頌當時，並入詩選，其實寫于謙、岳飛等人之作，也不乏俠氣、血氣；下面兩首看來是題畫的詠物絕句，寫得清新矯健，把性別抹去，比諸明清諸家而毫不遜色：

> 不肯開花不趁妍，蕭蕭影落硯池邊。
> 一枝片葉休輕看，曾住名山傲七賢。
> ——詠竹

> 色也淒涼影也孤，墨痕淺暈一枝枯。
> 千秋知己何人在？還賺師雄入夢無？
> ——詠梅

柳如是令人想起後來的秋瑾。是的，到紹興水鄉，應不會忘記鑑湖女俠秋瑾。秋風秋雨愁煞人，同樣的說「愁」，寫「淒涼孤影」，卻有「獨立之精神，自由之思想」，而不惜犧牲。豈同於士大夫那種水仙花式的自憐自傷？秋瑾之死，啟導了一個新時代的降臨；柳如是之死——死前曾削髮入道，也不妨看作一個她賴以依托的文化，自南園宴集孕育，終於不得不結束。

我在同里的歷史文物館看到當年麗則女校的故事。

麗則女校是晚清時退思園園主任蘭生的兒子任傳薪在園裡創辦、發展起來的。創辦之初，任傳薪才不過十九歲。為女性辦學，並且轉益德國、日本的先進經驗，跟康、梁、蔡元培等人互通聲氣，在當時是開風氣之先，可見胸襟和視野。麗則乃成當時江南的名校。梁啟超說：「興國智民，應以女學始。」江南女子，出外求學、認識世界的決心，絲毫不會比男子少。無奈囿於形勢、習見而已。祝英台打破禁忌，女扮男裝上學讀書的故事見於好幾個地方的縣志，民間各種傳說反而一味渲染她的愛情悲劇。祝英台的愛情故事固然表達了古代女子對自由戀愛的追求，可別忘了一切始自對知識的醒覺，彷彿吃了伊甸園裡知識樹的禁果。秋瑾、柳如是、唐琬也是這樣。杭州人把祝英台讀書、與梁山伯同窗共寢的地點坐實在萬松書院。杭州重建了倒塌的雷峰塔，香火甚盛。《再生緣》的作者陳端生在「柳浪聞鶯」附近的故居則貼上遷徙居民的告示，是要落實建館，以紀念這位通過長篇彈詞，追求男女平等的女詩人嗎？

麗則女校的創辦，庶幾可以讓退思園主人回饋社會——有人遊了退思園，稱美園林之餘，卻就「退思」之名譏諷幾句：園主任蘭生做官時搜刮民脂民膏，被貶後回鄉建成那麼漂亮的園林，哪裡真有「退思補過」的意思呢。兒子，馬上就為他補過了。而退思園，不失為南方芸芸園林裡的瑰寶；它坐落在水邊，退無可退，轉而向橫延伸，

由東向西，左宅右園，結構很獨特。「緊貼水面，園如出水上」（陳從周語）。樓上的走馬樓通透寬敞，尤其不多見。至於江南女子，在有色眼鏡下，西施、蘇小小是一形象；柳如是、陳端生、秋瑾則應是另一楷模；豈能單一地看、自作多情地想？她們都是獨立的真實之人。陳寅恪曾以北方蒲松齡《聊齋》筆下想像的狐女跟柳如是等女子相對照：

　　寅恪嘗謂河東君及其同時名姝，多善吟詠，工書畫，與吳越黨社勝流交遊，以男女之情兼師友之誼，記載流傳，今古樂道。推原其故，雖由於諸人天資明慧，虛心向學所使然。但亦因其非閨房之閒處，無禮法之拘牽，遂得從容與一時名士往來，受其影響，有以致之也。清初淄川蒲留仙松齡《聊齋志異》所記諸狐女，大都妍質清言，風流放誕，蓋留仙以齊魯之文士不滿其社會環境之限制，遂發遐思，聊托靈怪以寫其理想中之女性耳。實則自明季吳越勝流觀之，此輩狐女，乃真實之人，且為蘺壁間物，不待寓意遊戲之文，於夢寐中以求之也。

（《柳如是別傳》，頁75）

　　然則這些女子，不單並非出諸想像，真實，就在眼前，更是理想中的女性形象。後來袁世凱為了稱帝，不惜跟日本簽訂廿一條約，消息傳出，同里小鎮女校的全體師

生即集會抗議，學生領袖殷同薇血書「誓雪國恥」，並且籌款建碑，以誌不忘。碑文引土耳其皇妹的近事，以及斯巴達母親當兒子為國出征時的囑咐為例子，以激勵「諸姑姊」，由錢基博撰文。原來錢基博曾在同里麗則教書。

四

有人告訴我一個水鄉的笑話：說兩位船工搖船相碰，船工最初彼此怒目對視，船稍稍分開，開始對罵起來；當各自搖遠，變得越罵越起勁。說的顯然是阿Q的原鄉紹興，後來我翻到一本談紹興的書，也寫了這故事。這是紹興人的幽默，頗富自嘲精神。水巷狹窄，這種情況一定經常發生；我甚至想，這是費孝通所謂面對面的社會，船工一定是彼此認識的，每天在河上碰頭，他們自有一套表情達意、處理問題的方法，一套特定的水上文法。是的，船是船夫的肢體，仗已經打了，無傷大雅，就只餘下宣戰的程序。

最近重讀葉紹鈞的《三種船》，寫蘇州的船夫在狹窄的河道裡相罵，話語表現了有趣、生動的修辭。五四文學名家不少生長在水鄉，魯迅在紹興、沈從文在湘西、茅盾在烏鎮、豐子愷在桐鄉、葉紹鈞在西塘。其中沈從文更自剖創作和水的密切關係，名作《邊城》、散文集《湘行散記》、書信，都呈現了水鄉的生活情蘊。但所謂江南，歷

來有不同的含義，過去泛指長江以南，包括湖北南部、湖南、江西等地方；今人則僅指蘇南，浙北一帶，也即過去的吳越，把湘西劃開。水，一直「名正言順」的魯迅反而比較少著墨。紹興的民風物事，是魯迅文學生涯的泉源。可是他看來並不諳水性。《理水》寫大禹治水，但顯然志不在此。只有在《社戲》裡，「迅哥兒」和十幾個少年朋友去看了一晚戲，坐的是船，毛頭們輪流拔篙，但不是烏篷船，而是白篷的大航船。帶「迅哥兒」去看戲的毛頭都精通水性，大人這才放心。戲台臨水，正台前有利的位置早被富人的烏篷船佔據了。周作人早期曾以書信形式寫過篇《烏篷船》，有助於這麼一種特別的交通工具馳名。但還是《社戲》寫水上看戲的經驗最特別。

我小時候也常常跟隨母親看粵劇。母親是粵劇迷，我是她的幼子，總帶在身邊。有時去臨時搭建的戲棚，但最常去的是荔園，荔園有一個粵劇院，長年上演粵劇。當時一位堂伯在荔園做管理，所以我們總有入場的贈券。那是尤聲普當小生的年代。不過我看粵劇，其實也像魯迅，只喜歡武生之流的翻跟斗，小生花旦一唱，我就為之納悶渴睡了。母親也讓我從戲院溜出來，在園裡四處遊蕩，到動物園看老虎，看那頭遊人給牠香蕉就會下跪謝禮的大象。然後在臨近散場時回來。出社會做事後，過年過節，母親也還健康，我總留神演出，帶她去看一兩台。最初看丑生梁醒波插科打諢，偏離曲本即興的做法，並不以為然。戲

棚裡的觀眾總是嗑瓜子、吃糖果；小孩子追逐嬉戲。後來
逐漸也明白這本來就是民間藝術一種特殊文法。再後來，
好像連粵劇也式微了。

五

　　從蘭亭出來，接近午飯時間，正在躊躇應該馬上就走
到公路對面豎起斗大的指示牌看似不太遠的印山越王墓上
謁，還是民以食為天，吃了飯再算，一位女士走來指指停
泊在酒家旁的一輛車，對我們表示，給她十塊錢就載我們
到對面看越王墓；相當遠啊。上了車，跑了好一陣，公路
漂亮坦平，顯然是新修，兩邊是空曠的田野，農村疏落，
不多見人；一邊慶幸沒有自己走路，另一邊可又納悶起
來：如果沒有車，如何走回來？女士答，可以乘搭三輪
車，慢些，磨蹭一回就到。這時又變得不遠了。越王墓在
路的一邊，先有橫欄，並不許車行；旁有一室。下車，另
一位穿黃色大衣的中年女士在門外，示意我們向前，然後
在後面和女司機聊起來。

　　墓在小山上，約有二、三百米之遙。經過售票處，門
窗關上，沒有人，是年初三休館麼？回過頭來，路口的女
士又示意我們進去，這時汽車已開跑了。走著走著，黃
衣女士越來越小，變得只剩下一撇黃色。彷彿一見我們猶
豫，她就舉起手，向前推。經過隍壕，到了入口，仍然沒

164

有人，只有一頭小狗，在側旁的小屋外猛吠；我從來不怕狗，何況是小狗。走了若干石級，看見展館的大門倒是打開的，再走進一條黝暗的通路，墓就在眼下了，這不是做夢嗎？《越絕書》所云：「木客大冢」，被評為 1998年中國十大考古新發現，竟然沒有其他訪客，甚至沒有工作人員、守衛，我心裡忽然緊張起來，好像盜墓賊似的。所謂「木客大冢」，《越絕書》解釋說：「木客大冢者，勾（原作句）踐父允常冢也。初徙瑯琊，使樓船卒二千八百人伐松柏以為桴，故曰『木客』。一曰：勾踐伐善材，文刻獻於吳，故曰『木客』。」

我們站在展館的迴廊上，下面是長方條形的大冢，足有三、四十米，以厚重的黑木炭交叉三角形支撐，偶然露出若干空洞。整個墓室，分前中後三間，高低稍異，中室放置了一個頭尾橫剡的巨大獨木棺，半為臥棺，半為蓋棺。一直沒有其他人，原來棺裡也沒有。據說陵墓發現前後七個盜洞，這些悄悄的不速之客，把文物偷去殆盡，只餘下散亂的玉鎮、玉鉤等四十一件，墓主呢，也失了蹤。墓主已斷定是春秋末越王勾踐的父親允常。《吳越春秋》記云：「越王（勾踐）使人如木客山，取元常（即允常）之喪，欲徙葬琅琊。三穿元常之墓，墓中生燥風，飛沙石以射人，人莫能入。勾踐曰：『吾前君其不徙乎』？遂置而去。」寫來跡近傳奇。木客山，即今印山。允常姓姒，逝世於公元前497年，距今恰好二千五百年。當年兒皇帝自

己的官兵莫能入，層層封土，巨枋木加上大樹皮，卻難不倒民間的盜墓人。

不過文物雖少，從陵墓的結構、形制看，卻屬空前。這種狹長形兩面坡式的墓室，分層夯築，墓坑內填以青膏泥，覆以粗厚的木炭、樹皮，防水防潮，然後以巨大的獨木棺包裹——獨木棺是過去越墓的特色，但木材之大，還是首次出土。何況，時間要遠溯到春秋末葉青銅的時代。此外，外圍四周挖掘隍壕守護，像護城河，四面各留下一條通道，則是其他地方的王陵也不曾出現過的。大墓在小石山上開鑿，動用的人力、物力，不可謂少。這難道就是不朽的保證，足令塵世的過客，成為永久的地主麼？我在走廊上俯看，那些交疊拱起的黑木炭，整個長條形的墓室，像什麼呢？心目中立即閃出一個紹興水鄉獨一無二的形象：烏篷船。

這樣的比附，並非全無根據。吾國自古就有船棺的葬俗。武夷山蓮花峰的懸崖洞就發現不少放置在高崖峭壁裡的船棺，距今不少於三千年；四川寶輪院和冬筍壩等也出土過獨木的船棺，考定為東周時代。前引《越絕書》的解釋，說勾踐下令水兵伐松柏製成大木筏。春秋末，吳越人造城、冶金（尤其是鑄劍），技術都遠勝北方，還有就是因應地理條件而發展起來的造船術。《越絕書》又云：「舟室者，勾踐船宮也。」這是指造船的工場。

不過，就當這是那麼大的一艘烏篷船吧，合該遠航出

越王冢入口（上圖）、烏篷船

海，如今卻擱淺在山上，人去船空，誰還願意坐呢？展館
主要為圖文的展板，大抵再也不用怕當代的盜墓人了。
從展館出來，仍然不見人，連小狗也不見了。左面一幢石
屋，也配以三角交叉拱形長方石塊，有點調皮的想像，原
來是廁所；旁面赫然是徐渭墓園的指示，距離100米不遠
處，當然順石板路走入農村，禮拜青藤大師去了，這是另
一話題，這且不表。從青藤門下走出來，走到越王墓的入
口，黃衣女士仍在。奇怪她總不安坐在小屋裡，老在橫欄
前踱步。她是售票員呢，抑或自己也是訪客，在等車麼？
等了好一回，不見的士，也沒有三輪車。這才想起，午飯
時間已過，肚皮開始造反了。我們走到路心，左顧右盼。
這時一輛汽車徐徐跑到門口，停了下來。女士上前又聊了
一陣，然後招手告訴我們，可以坐這車回到蘭亭的大路
去，給司機一點小費就行。我們欣然同意。到了蘭亭，司
機硬是不肯收錢，問他可是要參觀越王墓，很好看啊，而
且，不會像魯迅故居那樣擠滿人；又不是。我們只好放下
錢就跑。

　　至今弄不清楚那位好心的黃衣女士的工作，也不知道
那位好心司機先生走到越王墓為的是什麼；更大的迷惑
是，那麼重要的一個展覽館，看守的只有一頭聊盡厥職的
小狗。

六

在三味書屋坐烏篷船到沈園，河道纖窄，船夫往往要低下頭來，避開頭頂上的建築，說：上面是行車的馬路。誠如一位的士司機所調侃：變了「溝渠遊」。二十年前初訪紹興，印象中河道要寬闊，要多許多。我們總要問人，以前這裡那裡不是有一條河嗎？河在那邊。是的，但這兒不是也有嗎？大家都聳聳肩，不能肯定。後來閱讀資料，讀到紹興自1952年至1979年，填河十五條，減少了二十公里；上世紀八十年代只餘下十七條河。填了幾近一半。馬路越開越闊，越好。城鎮日漸現代化、商業化，離水鄉漸遠。路遠，人們打的；路近，就坐三輪車。烏篷船日漸失去作用，變成只供玩賞旅遊。不過在東湖，要深入湖洞，卻非借助烏篷船不可。烏，紹興話讀如「黑」。早期的烏篷船有三種，白篷之外，又有大小烏篷。大烏篷能載十多，以至數十人，板櫓兩枚，再加一枚短櫓，像周作人所寫的，客人在船上可以來去自如；小烏篷則穩定性不足，客人只能乖乖的坐定，中艙最多只坐四人，一般只坐兩人，船夫在尾艄駕船，妙在不用櫓搖，而用手划楫，用腳踩槳。大船近年已絕跡，只餘下小划船，成為紹興一絕。烏篷船，什麼時候開始下水，我不知道；不過清人已有「白玉長堤路，烏篷小畫船」之句（齊召南），更描寫了它的划法：「十八女兒坐船尾，腳踏雙槳如飛鳧。」（屠

倬）這肯定是烏篷小划船了。在狹隘的河道上，用手划，河道闊了，以手掌舵，改用單腳踩，踩順了，用雙腳。的確是獨一無二的划法。看著頭戴烏氈帽的老船夫熟練的技巧：左肩挾舵，雙腳抬起輕踩，半躺在船尾，彷彿半空浮遊，悠遊，閒適。我想，年輕人願意學嗎？願意以此作為職業嗎？

七

福柯《水與瘋狂》一文說：在西方人的想像中，理智自古以來就屬於堅實的土地，而非理性則屬於水，浩瀚無際，動蕩不安。繼而他引德朗克的書指出：是大海的魔力造就了巴斯克水手充滿不安的想像，眼前無邊無際的世界使他們震悚。他鄉之水，未嘗不可借照。《越絕書》記勾踐回國後心切復國雪恥，但又怕不能打勝，跟謀臣商量；自剖心境，就近取譬，以水、以船為喻：「（越國）西則迫江，東則薄海，水屬蒼天，下不知所止。交錯相過，波濤滂流，沈而復起，因復相還。浩浩之水，潮夕既有時，動作若驚駭，聲音若雷霆。波濤援而起，船失不能救。未知命之所維。念樓船之苦，涕泣不可止。」

這種誠惶誠恐的心理，大抵並沒有因為他消滅了吳國就痊癒過來。勾踐滅吳後，殺了戀棧的功臣文種——另一位功臣范蠡洞悉這種心理，任務一完，湖隱去了，據說還

170

帶了西施。勾踐其後一如夫差，為了爭霸中原，不惜遠遷山東瑯琊，變為「以車為舟，以馬為楫」，割棄了自己的基業。當年纏繞他的噩夢，想來他那位長年跟水對抗的遠祖大禹一定也有過，還夾雜了父親失敗的經驗。那是個人以及國家民族生死存亡的對抗，治療之法無他，唯有面對它，把它打敗。《吳越春秋》載范蠡臨別時寫了一封信給老戰友文種，勸他急流勇退：「高鳥已散，良弓將藏；狡兔已盡，良犬就烹。夫越王為人長頸鳥喙，鷹視狼步，可以共患難而不可共處樂，可與履危不可與安，子若不去，將害於子明矣。」撇開他的面相之談，「鳥盡弓藏」卻堪作後世開國功臣的箴言。這是一位奇人、奇才，既為越國修築大小城，又為越人創造「生聚」的經濟條件。離開越國後豈能真的退隱？轉而仕齊，化名為鴟夷子皮；後再隱於陶山，化名為朱公，同樣經營有術，成為巨富。他留下一篇《養魚經》的短文。元旦時在杭州，有人要帶我們去看林彪當年的秘密行宮，所謂七〇四工程即是，到了才知道因假期並不開放。其實林彪這行宮二十多年前揭秘之初，已闢為浙江賓館，我和朋友誤打誤撞，曾經入住過。這行宮有種種特別工程，防毒防彈，地下室直通林氏睡房，聽說足以抵擋原子彈。最奇怪的是林彪晚年怕水，怕聽水聲，終年不敢洗澡，所以有特殊日光浴室之構；房頂則建暗溝，排走瓦縫的雨滴。林彪何以畏水，真是莫名其妙。

吳越相爭的歷史，江南水鄉的居民都耳熟能詳，其中夫差、勾踐二君，以及范蠡、文種、伍子胥、伯嚭等幾位名臣，其才品高下，也早有定論。專研吳越文化的專家陳橋驛先生不以成敗論人，為夫差、伯嚭翻案。他論證吳國這兩位君臣雄心壯志，目光遠大；伯嚭在夫差北上會盟時展開連串外交活動，比一心滅越的伍子胥要有氣魄得多。陳氏的《吳越文化論叢》是不可多得之作，讀了令人獲益不淺。但對於伍子胥的評價似可加記一筆。中國運河之建，倘照《禹貢》一書所說，始自戰國末期吳國開築的邗溝（公元前476年），打通揚州到淮河的水運，跟後來隋煬帝的江南河、通濟渠、永濟渠等合組成南北大運河；大運河的工程實不下於萬里長城，一個通，另一個截。稍後的則是秦始皇的靈渠，始皇借助水路，才能夠平定諸越，湊成四十郡；然後大搞移民，以防這些勇於復仇的越民再起。越國之外，吳國當然也長於理水治水，但邗溝之前，在春秋末已有開鑿運河的豐富經驗了。世上第一個建運河的人應是伍子胥。伍子胥本是楚人，流亡吳國，歷事吳王闔閭、夫差，以忠諫、謀略、訓練水師著名，其實他最大的成就是開鑿運河。他先後修築過兩條運河，從蘇州出發，一向西，到達楚國；另一向東，出東海。首先，闔閭想伐楚，卻苦於陸路的糧援補給困難，乃命伍子胥打通水路，從太湖到蕪湖，再接駁到長江，全長一百多公里。歷史上叫胥溪（公元前506年）。其後夫差執政，再命伍子胥

把太湖接通東面的淀山湖，再流入大海，史稱胥浦（公元前486年）。《禹貢》一書，成於戰國末，竟錯過了胥溪、胥浦。胥浦之後二十多年，夫差才再開築邗溝；其時伍子胥已被逼死。又過了二千三百年，瑞典才成功鑿出歐洲的第一條運河。

但水鄉人民認為伍子胥其實並沒有死，文種也沒有，他們化為潮神，每年在錢塘江出沒。錢塘江是吳越的分界綫，徐渭說：「由吳達越必經錢塘，江心之際，吳越分矣。」（《半禪庵記》）吳越本來是同族的分支，「同氣共俗」，有共通語言，伍、文各為其主，對抗多年，到頭來共事錢塘，一個掌潮漲，一個管潮退。

八

春秋末吳越佔據了歷史的舞台，前者搭上春秋霸主的末班車，後者則揭開戰國七雄的序幕，兩國都興也匆匆，衰也匆匆。但江南文化，其實可遠溯至新石器時代寧紹平原的河姆渡文化，距今約七千至六千年，這是中華民族在黃河流域以外的另一源頭，比北方的磁山裴李崗文化遲，比仰韶文化早。河姆渡文化之後，接著是嘉興的馬家浜文化；然後是上海崧澤文化、餘杭的良渚文化、上海的馬橋文化。河姆渡出土了世上最早的人工水稻、漆器；因地制宜，也最早採用了榫卯干欄式建築。秦漢、魏晉南北朝前

後兩次移民，北南日漸交融，照陳寅恪的說法，南朝無論經濟、社會風習都比北朝進步。自隋開鑿大運河，貫通四大水系，南北得以暢達，江南城鎮益更勃興，唐代時已經是北方的經濟支柱，賦稅十之八九來自江南。到了宋代，乃有「蘇湖熟，天下足」（范成大）之說。南宋偏安杭州，終於奠定了江南在全國的地位，不單是經濟命脈，也同時是政治、文化中心。明清建都北京，江南，反而成為官宦文人韜光養晦之地，發展出寫意、講求意趣的文人畫，以及在營造法式、則例之外，追求意境、含蓄的園林藝術。

江南城鎮本來就依賴商業經濟而發展起來，所以出過沈萬三、胡雪巖等巨賈，分別只在明代以前是食糧經濟，明以後轉型為商品經濟，這是由於朱元璋強令南方各鎮轉業麻、桑、木棉等副產品之故。江南絲織，借助水路縱橫的網絡，便於集散，從此衣被天下。明初沈萬三之所以成為江南巨富，令朱元璋也為之側目，是因為大膽從事絲綢、陶瓷等外貿生意。直至近世，西方以至日本的工業技術興起，才令絲綢業萎縮，而至一蹶不振的地步。茅盾寫於1932年的《春蠶》就是養蠶業破產的寫照，春蠶收成愈好，蠶農愈苦。小說寫農村養蠶的工序具體細緻，可說是茅盾最成功的作品。茅盾的少年時代在烏鎮渡過，《春蠶》的素材即來由那段生活。二十世紀三十年代後期，費孝通的《江村經濟》，以太湖東岸開弦弓村作為案例，考

察江南農村經濟的衰變，是這方面的經典。費氏等人為江南古鎮的生存謀劃、苦思出路，是令人感動的。從這角度看，則江南水鄉再轉型為休閒觀光的旅遊地，也就可以理解。誠如費孝通所說：「我們不能把古鎮當作一件古董來保管。古鎮裡的居民，他們有權利爭取現代化生活。」

問題是如何保持平衡，因為水鄉如今售賣的商品，是獨特的水鄉情調，薰豆茶、姑嫂餅，是明清街建築的人文景觀，是新舊名人文士的遺蹤。有時，外面的世界像上了馬達，跑得太快了，令漫漫細流的水鄉顯得停滯不前，外來的訪客，也許久厭了物質文明的生活，偏喜歡它的停滯、恬靜，最好是停留在某個時間裡，不知有漢，遑論魏晉，反而不喜歡它會與時俱進，甚至不喜歡太多的其他人來。他來了，通隱一會，反而不想它曝光，抱怨它商業化起來。這是一種尋找香格里拉的心態。

九

在烏鎮的市集想找一所茶館歇歇，一位三輪車伕走來，要帶我們去看老烏鎮，掏出一疊照片，其中有一幀著名的雙橋，原來是指西柵。一路上他熱情地為我們介紹，電視劇集曾在這裡那裡取景、拍攝，然後又指示我們在這個那個角度拍照，比方從這裡看，橋裡有橋，不止兩座橋，還有水裡的倒影，拱橋都變成圓橋了。好像他就成

為了劇集的導演。想起幾年前在蘇州遇到的另一位車伕，坐了兩回，就熟絡起來。他反而告訴我們什麼時候不要到蘇州來：夏天不行，熱死了；新年也不要來，人多得不得了；五一勞動節呢更不要來，因為我自己也放假，旅遊去了。兩個月後我的朋友再去蘇州，他在街上一眼就認出來，居然帶朋友從十全街出發，沿著水邊，穿街走巷，一直踩到楓橋。楓橋鎮，我想起那滿街滿店俞樾寫的張繼詩，好詩好字，也叫人吃不消。

沒有看過麼？我從遙遠的記憶走回來。他指的劇集是《杜十娘》？是《楊乃武與小白菜》？當知道我們其實並沒有看過，很失望的樣子。然後帶我們走進一所療養院去，原來是去看唐代千多年的銀杏樹，很老了，一千多年很老的了，他不斷重複，彷彿帶的是連電視也不會看的獸子。

十

耶誕前在同里的三橋遇上婚嫁喜事，使本來寧靜少人的小鎮，忽然熱鬧起來。我們原本在小巷裡蹓躂，聽得喧鬧的人聲、嗩吶聲，連忙追尋來源，這就來到了三橋。這三座橋建在三條小河交匯的地方，名長慶、吉利、太平，喻意吉祥。我看見花橋、四五艘花艇，看見村民圍攏起來看熱鬧；也看見有人托著攝錄機錄像。我擠在人群裡湊

熱鬧。一個老鄉問我，是在拍電影麼？我轉問幾位看來是來自香港的親朋戚友，不，真的結婚啊。於是我瞎猜，新娘一定是同里姑娘了。不，也是香港人；不是很好玩麼。倒是很認真的遊戲。不多久就看見新郎、伴郎出現，新郎穿著紅衣，胸掛一個大花球，由人擺佈，一臉祥和歡喜。我恭喜他，問貴姓；姓劉。他們在明清街上包下一個小酒館，擺喜宴，招待香港的親友。全部費用，包括花艇、花橋，當地員工等等，合共港幣十萬元。這時，嗩吶又起，大家簇擁著新郎走過三橋。有人燃放花爆。下船，一艇早坐了五、六個一身紅衣的丫環，五、六艘花艇浩浩湯湯，接新娘去了。然後一對新人會在崇本堂拜堂。

十一

在南潯看百間樓，有點失望。百間樓沿河分列兩岸，河水稍闊，兩邊屋子靠著屋子，有些屋頂相連，黑瓦白牆，檐下又有廊柱，像騎樓；偶然可見高高低低的馬頭牆。但其實相連的走廊已不太多。天氣陰寒，下著毛毛雨。也許是新春過節，房屋大多關上門，渺無行人。一頭小貓從鄰近一家跑出來，要跑回自己的家去，門可是關上了，廚房的窗子倒是開著的，牠大抵自忖跳不進去，瞄了一陣，就在門口喵個不停。沒有人應門。見了陌生人就躲在門前一輛自行車下。想幫牠一把，但再想想，怕愈幫愈

忙，只好由牠。這是離家頑耍的代價。在檐下走了一回，沒有找到心目中的形象，那形象，其實也很朦朧，忽然也像那頭小貓那樣，想回去了。

　　路上遇上一個三輪車伕，正在跟一位少女談話，好像討價還價，大概談不攏，少女氣呼呼地走了。天雨路滑，不如坐車好。於是問他回到鎮市的停車場多少錢，這是一位年輕人。就隨便吧。上了車，他把車子踩進橫街小巷，然後走進了市街，完全不是我們認得的地方，心裡開始發毛。一再追問他，知道我們要到的地方嗎？他並不答話，反而問我們到過這裡那裡嗎。小蓮莊去過嗎？新年，不開門啊。張靜江故居呢？聲音很細，一路嗑着瓜子。也不開門；我們什麼地方也不去，只要回到停車場。終於穿過大街，輾轉到了我們認識的地方。下車，問他多少錢。你看吧，新年嘛。遞給他十塊錢，眼也不看我們一下。忽然陰陽怪氣的說，二十塊錢。打的，跑三里路，才五塊錢。十塊錢，要是不要。他也不答，也不看我們，仍舊自顧自攤在車上嗑瓜子。你是不要了，我們調頭離開。走了十來步，後面一聲怪叫：好吧。

2003年3月

當狗遇上貓

　　阿麗思在奇境裡當然遇到許許多多奇事，貓會說話，耗子會說話，青蛙會說話，連阿麗思自己也會因為喝了什麼吃了什麼，變得忽大忽小——如今世情複雜，奇事多見，反而是人說貓話，人說耗子話，見奇也不奇了。近來重讀卡爾洛這本書，再沒有少年那種奇趣的感覺，恐怕也沒有少年時那種好奇的心情，反而覺得平淡樸素。這些年來看得太多追求詭奇尖新的文藝創作，不奇而奇，反而變得稀罕難得。奇境裡有一隻貓，不單會說話，而且會笑。一位朋友曾給我一幀滿臉笑意的貓照，那隻貓瞇起眼睛，嘴巴上翹，從人的角度看，牠的確在笑，滿意、舒適地微笑。但可能那是牠的常態，牠本來就生成這個樣子。牠看來心情不壞，這個倒不用懷疑。一般的貓，滿意、舒適的時候喉頭會呼嚕（purring），而不會笑，像人那樣發笑。我從小家裡就有過各種不同的動物，有貓，有狗，

有兔子，還有過金魚、雀鳥，在新界鄉間居住時甚至養過一大群鴨子，從黃毛小鴨養起，大了，都捨不得宰吃，終於逐一送了給別人。以後就不再養了。父母都喜歡小動物之故，我疑心我也只是他們的小動物之一。年輕時我喜歡狗，對貓不大留意；中年後逐漸認識貓，才開始喜歡貓。

老早就有人說狗像儒家，貓呢，像道家。反過來比喻，卻還不大聽過。記得小時一次幾位長輩探訪父親，大概見了又貓又狗，這兩頭異類，初見時彼此仇視，尤其那隻狗，醋勁頭不得了；後來卻化敵為友，好得不得了，彷彿狗學會了貓語，貓學會了狗語。長輩見了，於是議論一番。我一位愛捉狹抬槓的伯父，忽然搭腔，說：不是儒家，而是新儒家。然後向我的父親伸出舌頭。那是上個世紀五〇年代末，父親的朋友正在籌辦一所專上學院，名字好像叫經緯書院，父親也幫點忙，所以跟南來的一些儒家學者也有來往；後來我才知道四位著名的儒學大師不久前還在報上發表文告。現在想來，先父喜歡社交，這方面其實像狗；環境稍好，吃飯的時候，家裡總有些這樣那樣的朋友出現，甚至住上一些日子。我的伯父，在國內著名大學畢業，輩份看來比當時的幾位填詞寫詩的名家都要高，家人都留在內地，自己也不大做事，所以經常出入吾家，他反而像貓，獨立、犬儒（cynical），而且調皮，對父親的朋友愛理不理。他當然並無惡意，只是好玩。

伯父進門，家裡的大狗就撲向他，搖尾示好；他就

說：滾開，新儒家！令父親哭笑不得。父親偶然做了文章，請他過目，評語總不好過，一次，他說：「放屁放屁，真豈有此理。」原來是有典故的，何典？就是《何典》。他對父親的犬兒偏憐，練習作文時滿紙胡言，他仍然會挑出好處；對犬兒的父親，卻毫不客氣。這未嘗不是一種補償，所以做父親的也總是作尷尬狀，不以為太過。另一次，他看了我的作文，告訴我有那麼一個老師，給學生的評語來來去去只有三個字，三個字可也分出等第來：「放屁狗」、「狗放屁」、「放狗屁」。要考考我，問我寧願挑哪一個。然後告訴我，這是梁啟超《飲冰室文集》的趣聞。我從此記住梁啟超的名字，作文，希望最惡劣也只是「放狗屁」。他告誡我：寫文章，別學父親他們，要做新文體，要看外國文學，你看，某某本來是新詩人，如今倒做起舊詩，為什麼呢，因為可以躲在陳詞套語裡，詩照做，而不用流露真情感，他就是怕流露真情感。他原來也有認真的時候，只不過新詩無論有意無意，同樣可以是陳詞套語而已。

讀阿麗思邂逅那隻會笑的貓，令我想起這些。那隻貓，阿麗思問，為什麼會笑？公爵夫人答：「因為牠是一頭柴郡貓（Cheshire cat），這就是原因了。」Cheshire cat，趙元任譯為「歙縣的貓」，把牠移居到吾國黃山下面一個美麗的地方。但柴郡貓何以會笑，彷彿是不說自明的東西，阿麗思不懂，趙元任還為公爵夫人加上一句罵人的

話：「你這豬！」我也不懂，當然也很豬；請教一位英國朋友，他看來也成為另一頭豬，不過勉強解釋說，這大概是因為柴郡盛產乳酪，當時盡可能有一種塑成笑臉貓的樣子。無論如何，Cheshire cat乃成英人的常用詞，借來形容無緣無故地傻笑的人。Saki的短篇*Tobermory*寫的一隻貓不單能言，還會像英國人那樣擅言，把紳士、女士在背後搬弄彼此的是非、陰私逐一複述，令他們大感尷尬，那一頓下午茶當然不是味兒，一切就始自他們喝茶時提出一個乏味的話題：「人言易學嗎？」還是梭羅在《湖濱散記》裡描述一隻所謂「有翼的貓」時說得好：「為什麼詩人的貓不能像他的馬，也長出翅膀？」後來阿麗思在樹林裡又遇上這貓，這是全書最有趣的地方，下面是趙氏的妙譯：

那貓看見了阿麗思，還是對著她笑。阿麗思想它樣子倒還和氣：可是它有很長爪子，又有那麼些牙，所以她覺得應該對它稍微恭敬一点。

她稱呼道，「歇縣貓兒。」她心上有點膽小，因為一點不曉得那貓喜歡這個不喜歡：可是那貓笑得嘴更開一點。阿麗思想道，「好啦，它還是高興的。」她就說道，「請您告訴我，從這兒我應該往哪條路走？」

那貓道，「那是多半要看你要到哪裡去。」

阿麗思道，「我倒不拘上哪兒去……」

「那麼你就不拘走哪條路。」

阿麗思加注道，「只要我走到個什麼地方就好。」

那貓道，「那個自然，你只要走得夠久，一定就會走到什麼地方的。」

阿麗思覺得這句話沒有可駁的地方，她就再問一句別的話。「這兒有些什麼樣人住啊？」

那貓拿右爪子指道，「在那個方向有一個帽匠住著，又舉起左爪子來指道，「在那個方向有一個三月兔住著。你喜歡去拜訪哪一個就拜訪哪一個；他們兩個都是瘋的。」

阿麗思道，「可是我不願意走到瘋子的地方去。」

那貓道，「那是沒有法子的；咱們都是瘋的。我也是瘋子，你也是瘋子。」

阿麗思道，「你怎麼知道我瘋呢？」

那貓道，「你一定是的，不然你人怎麼會在這兒呢？」

阿麗思覺得這個理由一點不充足；可是她還是接著問，「那麼你怎麼知道你自己瘋呢？」

那貓道，「我先問你。一個狗是不瘋的。你承認這個嗎？」

阿麗思道，「就算它不瘋。」

那貓道，「好，那麼，你瞧，一個狗，他急了就打呼嚕，高興了就搖尾巴。我可是高興了就打呼嚕，急了就搖尾巴。既然狗是不瘋，那麼豈不是我瘋麼？」

阿麗思道，「你那個我叫唸佛，不叫打呼嚕！」

　　這麼一種怪邏輯，來自一隻貓，無疑強似來自一隻狗。但其實狗有「瘋犬症」（rabies），反而沒聽過貓有瘋疾——人前瘋，倒是有的，吾家的花花，平素不搗蛋的時候是很乖的，有了客人，加倍搗蛋，引人注意。心理學家告訴我們，貓另有一種更高妙的伎倆，在芭芭拉·漢娜（Barbara Hannah）的講座裡，她引用過這麼一個動物學家的例子：一隻雌貓看上了一隻雄貓，卻對雄貓不瞅不睬，當對方追求牠時，假裝很生氣，甚至跟對方打架。貓科動物會欲擒故縱；狗呢，看來不會，憨直有餘，喜怒形於色。看貓看狗，原來可以看到我們自己。歙縣貓神出鬼沒，真的要走，也別開生面：

　　這一回它就慢慢地不見，從尾巴尖起，一點一點地沒有，一直到頭上的笑臉最後沒有。那個笑臉留了好一會兒才沒有。

　　阿麗思想道，「這個！有貓不笑，我倒是常看過的，可是有了笑沒有貓，這倒是我生平從來沒看見過的奇怪東西！」

　　許多年後，我把書裡的豬嬰孩、瘋茶會、皇后的槌球派對通通忘掉，可仍然記得那麼一隻貓，臉面徐徐沒有

了，還留下裊裊不去的笑。

　　貓一直給人精明的形象，好的是智者，壞的是老千，甚至是會作法施蠱的女巫。總之從來不笨。只有幼貓由於太貪玩，幾乎被老鼠夫婦用麵粉捲成貓布丁，那是波特（Beatrice Potter）的童話小說。也許在《木偶奇遇記》裡的一隻貓是例外，丟盡了所有的貓臉：牠跟狐狸勾結，騙去木偶的金子；牠表現得很窩囊，老在拾人牙穢，像走江湖賣膏藥，狐狸師傅說：「伙計慢打鑼，」牠這個徒弟就接腔：「打鑼。」後來因果報應，兩個都窮途末路，再遇到木偶，狐狸請求：「別拋棄我們。」貓重複：「拋棄我們。」反而追殺木偶的一隻狗，遇溺時被木偶所救，到木偶有難則伸出援手。

　　哲羅姆（Jerome K. Jerome）的小說《三人同舟》（*Three Men in a Boat*）也有一段貓和狗相遇的趣事，這是一本風趣、幽默的書，書中有一頭鬥牛㹴（terrier），平日好勇鬥狠，殺雞捕鼠，一生的目的就是找尋廝殺的對手。牠在書中的份量，並不比其他三人少，所以應是《三人一狗同舟》。一天，牠在街上遇上一隻雄貓，興奮極了，咆哮一聲，儼如克倫威爾（Cromwell）遇到對頭，以二十哩的時速奔向獵物。這雄貓死定了；牠很健碩，失去半截尾巴、一端耳朵、大塊鼻子，正在街頭慢跑，一派閒適、自得，不知大禍臨頭。牠突然在街心停定，轉過頭來，對只有一碼之距的鬥牛㹴，問：「你找我嗎？」鬥牛㹴馬上收

185

步，雄貓看來有一點什麼足令最大膽的狗也為之顫抖。貓狗對峙，下面是兩造想當然的對話：

貓：「有什麼我可以幫忙呢？」

狗：「不，不，謝謝。」

貓：「不要介意說呵，如果你真要找我幫些什麼。」

狗：「啊，一點也不用，不要麻煩。我怕搞錯了，我以為認識你，對不起，打攪了。」

貓：「一點也不，還相當高興呢，現在，你真的肯定不是找我嗎？」

狗：「一點也不，謝謝──一點也不，你真好，再見。」

貓：「再見。」

那隻雄貓於是起身繼續牠的慢跑，而鬥牛獚呢，挾起尾巴回來，躲在三人後面。後來，每當有人向牠提起「貓」，鬥牛獚就可憐兮兮，收起尾巴，彷彿說；別耍我了。

這些，都是我少年時所聽所讀貓和狗的故事，一定還有不少，讓我想想看。

2003年11月

186

老師戲言

一

　　史蒂芬・霍金研究宇宙物理，名滿這個宇宙，可原來
他也偶爾喜歡打賭——跟同行拿研究來打賭，而且輸的
多。在《時間簡史》裡記載有一次他跟別人打賭，結果輸
了，要賠上一筆賭債。後來在這書的增訂本，他更寫明自
己另一次打賭，要是輸了得為對手訂閱一年雜誌，什麼雜
誌？《藏春閣》。兩個年紀不輕的頑童並且煞有介事地立
了賭約。他又輸了，卻證明自己有關黑洞的研究可以成
立；他還得意的說那雜誌令對手的太太大為光火。他可
沒有想到，香港可能有那麼一位用功讀書的老師，也可能
是官員，夜讀時讀到這一段，大感困惑，這比霍金講的黑
洞、蟲洞，更匪夷所思；賭博在這裡從來不是問題，問題
在賭注。

　　我們的老師會想，在大學唸物理的兒子要是也肆無忌
憚地訂閱《花花公子》、《藏春閣》之類，而且辯說自己

187

不過拿宇宙學的教授做榜樣，豈不糟糕？我們的老師並非沒有幽默感，只是不認為可以開這樣的玩笑。他不認為我們的大學生有判斷是非的能力，我們的社會呢，已文明到可以有自動調節的免疫功能。我們彷彿必須不停洗手洗手洗手，戴上口罩生活。他把《時間簡史》放回書架上並不起眼的角落，「老而不尊，教壞子孫。」他（她）彷彿變成那位丈夫贏了打賭自己卻大為光火的太太。

他想起愛因斯坦說過：「上帝不玩骰子。」愛因斯坦反對量子力學裡不確定、隨機的原理。他還是喜歡愛因斯坦，雖然他不寫暢銷書，至少這老頑童要開玩笑，也會把握分寸，他想。

二

想起我們電影裡的民族英雄李小龍。幾年前香港第一次發生禽流感，把雞隻通通殺掉，那時我剛巧在土耳其伊斯坦堡，晚上看電視新聞——是名符其實的看，我當然聽不懂土語，看見香港屠雞的場面，電視忽爾加插我熟悉的大帆船漫畫，船上一隻公雞，身穿武打唐裝，擺出三本鐵公雞的模樣，投奔怒海，還發出，對了，分明是李小龍打鬥時的怪叫。

這分明是火雞（Turkey）對公雞開的玩笑。我自忖也並非毫無幽默感，但就是笑不出來。同屬雞類，未免謔浪

失敬。我想起白居易的《鳥》詩:「誰道群生性命微,一般骨肉一般皮。」許多許多年前,當我還是學生的年代,那時我們都是李小龍迷,我們清楚記得他在電影《精武門》裡收場前的一幕,在上海租界裡對巡捕説:「我讀得書少,你唔好呃我(你別騙我)!」他覺得一人做事一人當,他想查問要是一個人自首去,巡捕是否就不再追究他的師兄弟妹。他一邊問一邊展示強而有力的手臂。當時老師在班上問我一個課本上的問題,我也仿李小龍的架式:「我讀得書少,你唔好考我!」令同學捧腹大笑,我也得意洋洋。那位老師,平日也喜歡跟我們説笑,真有點像電影裡的胖巡捕,可沒有被我瘦瘠的手臂嚇倒,作狀要罰我抄書;他説:「正因為你讀書少。」

後來年紀大了,時間可不會跟人開玩笑,它可以把你由少年變成老年,學生變成老師,如果當年的英雄説:「我讀書都唔少,你呃唔到我(我讀書也不少,你騙不了我)!」我一定至今仍然置以為象。這有點像另一句粵俗,上了當,就罵説:「搵笨。」豈知正因為笨,不騙你騙誰?不過想深一層,讀書不少的人,也仍然會説:「我讀書少,」不過下一句會是:「你可不容易騙我。」

三

讀書,就為了不那麼容易上當。孔子因為學生治理小

小的地方，動用禮樂的排場，隆而且重，不禁莞爾，說：
「割雞焉用牛刀。」結果被學生抽後腿，只好認輸：「前
言戲之耳。」孔子也有戲言。霍金的打賭，其實差堪彷
彿，那是成年之間在成熟的社會，偶一為之的惡作劇。孔
子呢則是師生之間小小的玩笑，聽似揶揄，暗含讚賞。
這小子聽了書，牢牢記住了，一副認真的勁頭。孔子化
三千，但上課時是小班教學，開西方導修的形式，隨時隨
地因材施教，因勢利導，教的是六藝，教自己編、自己寫
的教科書之外——《詩》、《春秋》即是，那是世上最早
的教科書，還教射箭和駕御，效果相當於體育科。他很會
射箭，箭術足以折服剛強的子路。這才是真正的全人教
育。而且「有教無類」，所謂「無類」，舊訓當是不分階
層，新解則作不論種族，可說辦的是國際私校。再加上帶
同學生周遊列國，更是培養世界視野，讓教育走出課室的
先行者。到了宋代朱熹，朱老師只教四書，學生乖乖的坐
定；然後應付科舉。書本上的知識可能深化了，人的胸
襟、眼界卻縮窄了；學究氣加深，離生活更遠。中國文
化，是否因此也變得文弱起來呢？後人繪畫的孔子圖像，
大多斯文有餘，剛健不足，背彎了，好像有什麼壓在背
上，壓得伸不直腰。他們當然知道，只是忘了，這位山東
老師，如果要時人到警署搞個拼圖，只會拼出個亂賊陽虎
那樣的尊容。更大的問題是，他們忘了孔子有幽默感，會
開玩笑。玩笑，都送給莊子去了。

子畏於匡的故事我們都熟悉，這兩個模樣相似的同鄉碰在一起會是很有趣的事。《論語・陽貨》記陽虎擅魯政，要見孔子，趁他不在家時送去禮物，想因此令孔子上門謝禮。孔子也妙，同樣看準陽虎不在家時才去；不過兩個人卻在路上相遇。這個陽虎，粗鄙得很，見面就說：「來！予與爾言。」這位老師不想見的惡人，顯然是個不會玩笑、玩笑不得之人。人而能玩笑，其惡有限。《詩經・淇奧》云：「寬兮綽兮，倚重較兮；善戲謔兮，不為虐兮。」鄭箋很精審：「君子之德，有張有弛，故不常矜莊，而時戲謔。」對阿洛舒華申力加之類的Terminator來說，他不明白人類為什麼會哭；但笑，開玩笑，正言若反，同樣是人和機械人，和其他動物的分別。只有人，才會笑。

　　我們只記得孔子偶爾矜莊的一面，而忽略了他經常戲謔的另一面。不過善開玩笑的人，玩笑同時不會亂開；讀書，善讀書，就要讀出張弛之間的分寸。

2003年2月

字裡有人

一

明末計成的《園冶》可能是世上第一本專研造園藝術的傑作。可是出版不久，就被集體遺忘了，看來是刻意的。遺忘了許多許多年。二十世紀二〇年代，計成被日本人發現，大加推崇；但日版的《園冶》名字改成《奪天工》。此前，差不多四百年，吾國大概只有李漁《閒情偶記》彷彿失語症那樣，偶爾齒及。經過出口轉內銷，《園冶》的中國新版，要到1931年才有朱啟鈐的影印殘本，稍後再有闞鐸借日本的版本補成，由中國營造學社出版。

為什麼會如此？據說問題出在書的序文，那是阮大鋮的手筆；並且《園冶》也是由他倩人刻印出版的。《園冶》本擬名為《園牧》，計成在江蘇鑾江應聘築園時，進士曹元甫到訪，讀了，斷定是千古未聞之作，但嫌書名太謙，提議改為《園冶》。這曹元甫是阮大鋮的「好友」；也許就是通過這種關係，計成得以受知於阮大鋮。

192

但阮大鋮是什麼東西，明末以至整個清代的讀書人豈會不識？此人名列《明史・奸臣傳》，崇禎時依附魏忠賢，因叛案一度被黜，其後又勾結馬士英，強行擁立福王，排斥忠良，專以推翻叛案為務，最後把南明福王也坑了，再投降滿清。《明史》有這麼一句：「凡有血氣皆欲寸磔士英、大鋮。」有血氣者，不獨知書識禮的男性，還應該包括略識之無，即使淪落風塵的女性。這個阮鬍子，「婦人女子，無不唾罵」，這是李香君在《桃花扇・卻奩》的話。孔尚任寫李香君與侯方域結親，一知道嫁妝原來是阮鬍子送的，即嚴詞峻拒；令侯方域也不敢冒天下清議之大不韙。《桃花扇》是戲劇，內容「稍有點染」，但證之侯方域筆下的《李姬傳》，這位李香君的確曾經勸告他不要受阮氏收買而離棄賢人。香君，據侯公子所云，「略知書」而已，文名早顯的侯公子自己呢，反而顯得搖擺懦弱。戲劇收結時這位公子修真歸道，但史實呢，他不得已參加了清廷的鄉試，最終又不勝悔恨。「悔恨」云云，是明末清初讀書人一大母題。可見知書甚多，道德不見得就必然相應地提高。反過來不識一字，誠如陸九淵所說：仍可堂堂正正做人。

阮大鋮看來也頗知書；古今遠近，從這個政府到那個學府，戀棧權勢而不擇手段的讀書人，所在多有，阮大鋮不過是其中表表者。阮氏「僉壬凶險」，但「少有俊材」，陳三立及章太炎對他的詩作都有好評，不單好評，

前者說「不以人廢言，吾當標為五百年作者」，後者同樣說「榷論明代詩人，如大鋮者鮮矣。」，我用了耐心，翻翻他《詠懷堂詩集》的作品，佳作不少，但能否稱得上明代第一流作者，自覺眼拙，看不出所以然。是我先存偏見麼？阮氏喜歡舞文弄墨，當然喜歡招攬名士，並以此粉飾自己。這種人讀了書，反而懂得合理化自己的歪行。我們翻開《園冶》，就見一時失勢、黜居南京的阮大鋮開口自比向子平、禽子夏等隱士，嚮往田園，卻為仕途所縛，如今幸蒙免職，真是因禍得福，於是可以經營園林，並且要學學老萊子那樣服侍父母，從此「忻然將終其身」云云，真是既雅且孝。不知阮氏其人，單看文章，看看他寫計成的詩：什麼計成是「幽石」，自己則「大隱」，你直以為他合該名列隱逸榜。但字裡有人，當知道他後來的種種行徑，山林、隱逸，都成粉飾；人和文到底如何分家？阮氏之文，儼如南方園林門口那堵砌壞了的假山，惡俗擋人，令人頓失遊園的興致；即使遊了，也只會心裡有數，不便言說。這所以，《園冶》許多年來只有傳抄本，而沒有再版。

　　《園冶》講相地，講因借，講得極地道，極精闢。中國造園之妙在於不止是一種建築工程——這是《園冶》主人念念不忘提醒讀者：那是人格的居所，花草有情，一樑一柱都有寄託。這是中國園林特有的審美態勢，可是泛道德也有壞影響：建築因而難以成為獨立發展的專業。傳統

中國不重視形而下的器物，孔子不教建築，建築只依附於五行誌、禮儀誌等部門；過去專論建築的書未免太少，官書則只有宋李誡的《營造法式》、清工部的《工程做法則例》等。民間的《園冶》之為傑作已有定論，毋待日本人、瑞典人等外援，可是，這位巨匠也未能免俗，仍然要借重詩文的意境。如果造園殆同做人，那麼弔詭的是，計成正正在這關節眼上相錯了人，借錯了人。

二

崇禎死後，繼任人選乃成存亡關鍵。史可法等反對立福王，因為這福王有罪七宗：「曰貪，曰淫，曰酗酒，曰不孝，曰虐下，曰不讀書，曰干預有司。」但馬、阮之流已「左提右掣」挾兵迎立，史可法無奈只好承認這個混蛋政權。歷史證明，在人治的社會，腐敗的人有了權力，只會更腐敗。南明初期，其實並非事無可為：清兵入關，不過二十餘萬，南明則軍士不下百萬；加上宋明以來，江南已成經濟命脈，只要福王真的親賢遠佞，勵精圖治，四鎮武將又能同心同德，未必沒有轉機。內耗一直是吾國人的通病，《桃花扇》寫他們是「國仇猶可恕，私恨最難消」的人物。可是福王一登場，管它燭燒兩頭，內外交煎，馬上四出搜求美女，犬馬聲色；將士回報抗清失利，他竟答：「朕未暇慮此，所憂者梨園子弟無一佳者。」而且，

從此認定史可法有異心，活該外放。

　　值得注意的是，七宗罪裡原來「不讀書」也是不可為王的，好像讀書真能令人明辨是非。今年冬節重遊北京，去看國子監時，老想到皇帝與讀書的問題。國子監的前身是國子學，西晉司馬氏始創，是太學之外的貴族大學。當然，為國家育材、養士而辦學的做法，是從漢武帝成立太學濫觴。問題在，年輕學子用心讀了書而不關心現實政治，沒有自己一套改善現實社會的想法畢竟甚少，何況，這是學而優則仕的舊社會？魯迅說得對，大學生而不罵官僚，將來豈非比官僚更官僚？東漢末太學生議政而產生兩次黨錮之禍，就是例證。但更少政府會願意培育反對自己的學生。何況，這是獨裁專制的舊社會？於是到了隋煬帝，國子學改名國子監，則除了教育，還兼司行政：一面教育，另一面又實行思想監管。然則這種封建王朝的教育，要為誰服務，就很清楚了。過去為了表示國家重視這種教育，皇帝還親臨祭孔，甚至登壇講學。天子講學的杏壇，叫辟雍。天子講學辟雍，可以遠溯到西周。在皇家大學裡講學，總要有一點學問才行。不然，天子臨雍，只是來了一個最有權勢的視學官而已。但既貴為天子，他認為自己有學問，誰敢說沒有？

　　北京的國子監建於元初，左邊同時建了孔廟，以符合「左廟右學」之制。乾隆做了許多年皇帝之後，懷念起古天子的舊制來，下令劉墉在國子監裡重建辟雍，讓自己可

以名正言順地在辟雍教學。於是北京的國子監就有了這麼一座梁思成美稱為北京六大宮殿之一的建築。國子監坐落在成賢街裡，成賢路上古槐夾道，前後豎立四座牌坊，而且有石碑，上書：「官員人等至此下馬」。進了太學門，不太遠，就面對這座重簷攢尖頂的方型宮殿。規模看來不大，卻很有氣派，金碧琉璃，穹隆頂，殿裡沒有樑柱；而且有池水環繞，有便橋。石橋上有龍頭吐水。皇帝就坐在殿裡。眾民下跪，他老子馬上要開講了，但且慢，你可有看到太學門外，那一塊「五朝上諭碑」麼？刻了明清五位皇帝總校監對學子的訓誨。最要細讀、緊記的，是明太祖朱元璋的那一番話，他用的是白話，五百年來皇帝老子說話的神氣依然活現，不妨抄錄，各位大學生，請聽：

恁學生們聽著！先前那宋納做祭酒呵，學規好生嚴肅！秀才每循規蹈矩，都肯向學。所以教出來的個個中用，朝廷好生得人。後來他善終了，以禮送他回鄉安葬，沿路上著有司官祭他。

近年著那老秀才每做祭酒呵，他每都懷著異心，不肯教誨，把宋納的學規都改壞了。所以生徒每全不務學，用著他呵，好生壞事！

如今著那年紀小的秀才官人每來署學事，他定的學規，恁每當依著行。敢有抗拒不服、撒潑皮、違犯學規的，若祭酒來奏著恁呵，都不饒！全家發向武煙瘴地面

去，或充軍，或充吏，或做首領官。

今後學規嚴謹。若有無稽之徒，敢有似前貼沒頭貼子，誹謗師長的，許諸人出首，或綁縛來，賞大銀兩個。若先前貼了票子，有知道的，或出首，或綁縛來呵，也一般賞他大銀兩個。將那犯人凌遲了，梟令在監前，全家抄沒，人口遷煙瘴地面！欽此！

皇帝囑大家讀書，而且要專心讀書，只許讀書，只許讀一種書，不然，他可不是當年那個在皇覺寺被大師兄欺負而敢怒不敢言只會在佛像背後貼沒頭貼子「發去西北三千里」的小沙彌，不，他真要你好看呵。

三

讀書不少而且懂得文人玩藝極多的皇帝，當無過宋徽宗。他的瘦金書自成一體，儘管我不喜歡那種造作的調調：筆劃瘦細，中間氣若游絲，頭尾卻很誇張，儼如挑擔；真是掛搭有餘，灑落不足，能小不能大。可也是這位書法家，跟另一位書法家蔡京炮製出一塊惡名昭彰的「元祐黨籍碑」。今存桂林龍隱岩的摩崖石刻「元祐黨籍」，據說是蔡京的大作。徽宗一朝的詔令，已架空了樞密院和中書省兩府，直接由內宮發放，寫得一手好字的宦官梁師成之流，乃得以濫權。內宮養了一大群專擅瘦金體的書寫

家，偽詔叢生，外府不能辨，也不敢辨。擬詔之權其後落入蔡京之手，他寫了，由徽宗重抄，皇帝居然也樂當文抄公；有時懶抄，正中下懷，索性當是御筆手詔。蔡京的書法，在宋代有名，徽宗的父親哲宗曾許之為本朝第一。當時的哲宗，大抵還沒有奉承朝臣的必要吧。宋人書論裡的蔡公，指的是蔡襄，蘇東坡更特別把蔡襄跟顏真卿匹配，似乎別有用心。但不少人懷疑，彼蔡公，可能是此蔡公。這位蔡公為昏君四方搜刮的生辰綱，是一部偉大小說的序幕，為民間宣洩多少不平氣；由於惡行滔天，位居奸臣榜上「六賊之首」。他跟徽宗君臣用字畫通好，再以兒女結成姻親，最後合作把北宋江山斷送，於是大家把他擅書之名遺忘了，絕對是刻意的。蔡公一門，兄弟對敵，父子不和，他和弟弟的字，我看只有米芾提及，而且是一筆勾銷：「蔡京不得筆，蔡卞得筆而乏逸韻，」然後是其他同代人的比對：「蔡襄勒字，沈遼排字，黃庭堅描字，蘇軾畫字，」他自己呢，「刷字。」

蔡京當年向宋徽宗厚誣元祐年間的舊黨，為了斬草除根，建議全國刻石，要世世代代禁絕舊黨，如司馬光、三蘇、秦觀、黃庭堅等人。但三百〇九人的黨籍，舊新混同，連號稱新黨的章惇、王珪之流也包括在內，可見這是一筆糊塗賬，為的只是一己的私利，小人同而不和。不單如此，蔡京還要把三蘇、秦觀、黃庭堅等人的詩文通通毀了。自己不讀也不許其他人讀。幸好刻石一年，天上出現

彗星，徽宗心虛，以為不祥，又下詔毀碑。刻石禁書，要是實行下去，不啻一場小秦火，是中國文化的悲劇。其實徽宗的兒子高宗，也頗有乃父之風：工於書技，卻昏庸怕死。靖康恥，猶未雪，他可是在局勢稍穩時仍然一聽金人就跑，一路跑，跑到了臨安；物以類聚，先後和佞臣黃潛善、汪伯彥、秦檜狼狽為奸，氣死宗澤，逼走李綱，誣殺岳飛父子。他的字，從技術的層面講，也自成一家。他的簽名很奇詭，自創一個怪字：𠀆，有點像「再」，又有點像「丏」（不是「丐」），原來是「天下一人」的壓縮。這種縮骨的御押，其實始自徽宗，先寫了「一」，再加一個「朩」。但即使在書法的世界裡，他們也渾忘了這個由一人治理的天下，充其量只得半邊。

在龍隱岩所見的「元祐黨籍碑」，則是舊黨的後人翻刻，作為反面教材，目的是要見證君臣同流的污惡。碑額「元祐黨籍」四字橫寫，大字隸書，人名則小字楷書。初看，果爾出自高手之筆。但四個隸書，仔細地看，從波劃裡終究看出天機，收筆上提，燕尾外露，一副得勢不饒的意態。書者，如也，看書如看人，書格是人格的反映，這是唐人以來的看法。這是應然，雖未必是實然。然則我何妨也套用傳統的看法，字裡有人，書法豈同書寫，豈是支條的間架構築而已？

2001年3月

欹側字、游戲法、細碎事

一

　　東坡字扁平，山谷則縱長；蘇黃一次討論書法，互相取笑，東坡稱山谷字像「樹梢掛蛇」，山谷則回敬東坡為「石壓蛤蟆」，然後彼此大笑。傳統的書論，總以動物為

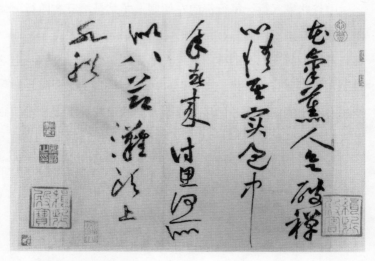

黃庭堅《花氣熏人帖》

喻，褒者為龍，為鳳，貶者如蛇，如蛤蟆。蛇和蛤蟆的對話，戲言而已，可是動物本身會怎麼想呢？下面談談山谷的《花氣熏人帖》，此帖今藏台北故宮博物館：

釋文：
花氣熏人欲破禪，心情其實過中年，
春來詩裡何所似？八節灘頭上水船。

這詩是黃山谷應王詵不斷送花的回報。就詩論詩，是風趣的小品，因花香令心情已過中年的詩人仍然感到飄飄然，他自嘲修禪的道行幾乎要破戒了；在如此這麼的春天裡寫詩，好像什麼呢？好像在曲曲折折的灘頭上行船。

山谷此書五行，每行都向左傾側，尤其是第三、四行，眼看就要翻倒了。第三行行末的「所」字，一勒之後，下面寫成連綿似的波浪，的確給人搖曳生姿，如坐水船之感。這是中文書寫特有的效果：實用以外，同時是審美的，而且個別的文字，綫條游走，仍然保留對物象的模擬、摹畫。所謂書畫同源，應是指漢字誕生之初，通過綫條模寫物象，跟繪畫並無不同，那是為了傳遞消息，或者方便記憶的繪畫。直至有了讀音，一字一音，書畫才分流。

這個「所」字，試拿山谷其他草書墨跡比較，譬如說《諸上座帖》吧，則仍以這帖的寫法最酣暢，最有「波浪感」。依此讀法，那麼另起第四行的「似」，也彷彿一

波未平，一波又起。再回過頭來，看第二行最後的「中」字，一努而下，佔了兩個字格，上粗下幼，令人想到入水的長篙。倘若「中」、「所」兩字，不排在行末，像第一行那樣，七字一行的話，趣味就大打折扣了。這是布白之妙。布白，是字與字之間的結構、佈置，實字之外，書法家同時要考慮空白的地方，虛實相生，鄧石如所謂「計白當黑」。作為觀賞者，則字固然要看，沒有字的地方其實也要看。中國書法，從銘文開始，布白就很講究，就要求跟內容，以至載體呼應。山谷此書，在細心經營裡，卻又貌若不經意。藝術，其實是沒有不經意的，那是經過長期磨練、醞釀，筆墨酣暢，神思飽滿，然後水到渠成。

蘇東坡跟黃山谷，當然不是一味玩笑的。東坡在《跋魯直為王晉卿小書爾雅》說：「魯直以平等觀作欹側字，以真實相出游戲法，以磊落人書細碎事，可謂三反。」東坡品題書畫，好用「遊戲」一詞，那是佛家所云「立亦得，不立亦得，來去自由，無滯無礙」的一種態度，這態度不可謂不嚴肅正經。所謂「欹側字、游戲法、細碎事」，這作品是最好的體現。當情和景交融，形式與內容呼應，這就產生藝術的意境。「平等觀、真實相」都是佛家語。山谷一直好禪，但終究與禪師有別，禪師否定文字語言，像懷素那樣，一面飛快地寫，另一面又否定他在寫，「文字才形成，已經被遺棄，被否定，被超越……即生即滅。」（熊秉明：《佛教與書法》）懷素下筆，最講

速度，只見綫條纏綿飛舞，沒有釋文，一般人很難通讀，書法至此，庶幾已擺脫文字的實用性，近乎抽象畫了。山谷自稱草書曾學張旭、懷素；直到貶官入蜀，觀察船夫蕩槳，才對筆法有所領悟。他的《諸上座帖》，就是臨懷素。但他從來沒有否定文學藝術。同樣的草書，《花氣熏人帖》卻摒棄懷素式的極速，字與字之間不相連，每一筆都沉澀用力，如逆水撐船。《洞天清祿》評山谷「行不及真，草不及行」，這是一切繩諸張旭、懷素，看不出山谷草書的創意。

修禪，而且心情已過中年，卻仍為外物所動，其實是對人世的美意充滿依戀，這可不是禪師的枯寂，而是顛倒過來，欲破而立，即滅即生。然則可否說，這是對否定的另一種回應，是對否定的否定？

二

東坡辭世後，山谷寫過不少懷念故人的作品，下面是其中一首佳作：

有人夜半持山去，頓覺浮嵐暖翠空。
試問安排華屋處，何如零落亂雲中？
能回趙璧人安在？已入南柯夢不通。
賴有霜鐘難席捲，袖椎來聽響玲瓏。

此詩詩題甚長，足有一○七字，但不可不讀，就像序文，是讀通本詩的前提，它大概說：湖口人李正臣有一塊奇石叫九峰，蘇東坡曾稱之為「壺中九華」，並且作了詩；後來石頭被人取走。到了崇寧元年，李正臣拿了東坡的詩來訪，石頭既不可復見，東坡也過世了，云云。

　　要補充的是，東坡見奇石時，曾有意以百金購買，沒有買成，也許因為正在流放惠州途中，只怕予人口實。八年後，東坡再過湖口，奇石已失去了，再作詩自解，和前韻。不久病逝。

　　山谷這詩也步東坡原韻，看來是較佳的一首。通篇寫山石，沒有提及東坡，但通過山石寫人，人石互相映照，人石二而為一。山石被人取走了（用莊子「藏山於澤，……夜半有力者負之而趨」的典故），忽爾感覺浮動的翠綠山色無所依薄，也一掃而空。這是不幸，但焉知非福，要是把它安置在華廈大屋，身居顯貴，它反而不自在，反不如放它在亂雲之中 ；頷聯「試問」一詞，是質詰；「何如」則是確定。頸聯貫串完璧歸趙和南柯一夢兩個典故，反用其意，能人不在，所以美石也一去不回，彷彿都走進南柯的幻夢，但幻夢也已破醒，再不能接通了。北宋末期神哲徽幾朝，派系爭鬥最劇，政局反反覆覆，無論新黨舊黨，又都是精通文墨，能言擅辯之人。東坡生前，屢受文字獄追逼，他貶謫黃州時，寫了東西給朋友，總叮囑不要公開發表，儼如驚弓之鳥，可是另一面又總禁不住要流露

心情、發發議論；烏台詩獄幸得不死，出獄後馬上又做了可以入罪的詩，真是「無可藥救」。終於一貶而再貶，貶到不可能更遠的海南島去了。後來放回，就死在常州。所謂「安排華屋」，其實身不由己，到頭來不過一場春夢罷了。「何如零落」究屬零落之後的慰解。東坡晚年用三個離京愈益遙遠的空間來概括自己的一生仕途：「問汝平生功業，黃州惠州儋州。」（《自題金山畫像》）

收結則是種種失落的回報。石頭不在，江西鄱陽湖湖口的石鐘山那麼一座奇山（東坡曾做名文《石鐘山記》，考察了石鐘山之所以發聲的真正原因），可跑不了，你只需拿椎子敲敲，就會發出美妙的聲響；東坡不在，也不見得，你打開他的作品，招之即來，而且經過歷史的淘洗，當年深文周納要置之死地的人也揮之不去。這是文學藝術的力量，到頭來失而復得。權力、財富，以至我們的肉身，遲早都會失去，但文學藝術長存。

這詩有遙深的感情，有透切的體悟，都通過形象的石頭呈現。他寫東坡，其實也寫了他自己。我常常想，好的詩文，作者又是書法大家，要是能夠讓我們同時看到原作的墨跡，會多好呢。詩題徽宗崇寧元年，即公元1102年，這是寫詩的一年，正是這一年，昏君宋徽宗耽於字畫奇石，讓跟他有同好的蔡京亂政，弄出個惡名昭彰的「元祐黨籍」，黨碑一立，儼如人為的九級地震繼之以海嘯，把蘇黃等人通通席捲而去。這一年之前，東坡過世；這一年

之後，黃庭堅自己因為寫了《承天院塔記》，被御史趙挺之羅織為「幸災謗國」，再輾轉流放廣西宜州。這位趙挺之，後來做了宰相，是李清照的家翁；《宋史》載蘇東坡曾評之為「聚斂小人，學行無取」，他先靠攏蔡京，後來又鬧翻了，蔡趙聯手期間，致力排斥舊人，曾前後兩次誣陷東坡「謗訕先帝」。過去有齣粵片，片名真夠「傷他悶透」：《難為了家嫂》，李清照這位家嫂看來更不易為，因為家翁不單勢利，還會狎玩文字。當然，這位家嫂也絕非等閒之輩，她在《打馬圖經》裡自述，耽好賭博，五花八門的賭博，無不精通。李清照的父親李格非也名列元祐黨籍，她曾上詩公公請求援手，未免天真，連她的丈夫趙明誠因為喜歡收藏東坡和山谷的作品，也被父親厭棄。

崇寧三年（1104年）五、六月間，山谷到達宜州；同一時間，徽宗在首都國子監設立書學，以示對書法的雅好。而黃山谷寄寓窮鄉僻壤，開始用三錢買回來的劣筆，寫他最後的日記：《乙酉家乘》。

三

今年適逢乙酉年，兩個乙酉，相距已經九百年。山谷也是生於乙酉年的。《乙酉家乘》的「乘」是指史事的記載，「家乘」，則是個人生活的記錄。中國過去史乘的遺產最豐厚，但所記者總是國朝、帝王，可說有「國」而

無「家」，或者帝王以「家」為「國」，大我的家事即國事。像讀書人那樣的小我，充其量託蔭其下，論功罪分排，成為「他者」。純屬個人生活的日記，山谷之前，似無先例。《乙酉家乘》可說是創體。

日記從崇寧四年（1105年）農曆一月寫起，至八月下旬，其中包括閏二月，一共寫了九個月，至九月後，山谷忽罹急病過世為止。

山谷流放廣西宜州羈管，已無職權，連居住的地方也頗費周章，過世前一年，他在《自題書卷後》一文，說：「崇寧三年十一月，余謫處宜州半歲矣。官司謂不當居闤城中，乃以是月甲戌抱被入宿子城南予所僦舍喧寂齋。雖上雨傍風，無有蓋障，人以為不堪其憂，余以為家本農耕，使不從進士，則田中廬舍如是，又可不堪其憂邪？……此卷，實用三錢買雞毛筆書。」他最初租住南門一隅，戲稱之為「喧寂齋」，五月後才遷入南樓；物資嚴重匱缺，家小都寄託在永州弟弟那裡。但他仍然每天寫日記，少則一、二言，多則十數行，只有幾天空缺。多年前初讀，只覺記得平淡寡味，平平無奇（自宋代人始，大多數人即斷定山谷的詩風「奇崛」）；通篇敘而不議，只有客觀、近乎流水賬的記實，而沒有內心情感的抒發。沒記的，空白的，太多了。近來重讀，才讀出味外之味來。

空白，對一生專擅筆墨的大家而言，不會是疏忽。山谷修史，可算是專業，曾受命編修《神宗實錄》，之後又

參與編修國史。當政壇反覆、新舊黨輪流奪權，寫當世國史，當然吃盡「實錄」之苦。如今海嘯的另一個浪頭把他捲到宜州來，這不會是最後的一個。他的詩書被禁，好友秦少游、蘇東坡、陳師道都不在了，他寫自己的歷史，既不記對時事的議論，也不記對人物的褒貶——這方面，他一直比東坡小心，他曾稱東坡的文字妙一世，但缺點是「好罵」。他的空白，是因為這已經是一個沒有異見的時代。

他記了什麼呢？日記總是從今天天氣開始，但天氣轉變很大，今天「大熱」，翌日一場大雨，則「大寒」。上文他說「上雨傍風，無有蓋障」，連沐浴也要到民家浴室去，其苦可知。但他並沒有訴苦，日記中記得最多的，是朋友雪中送炭，從酒食蔬果，到紙箋鮮花，各種各樣都有，有的親自送來，有的郵寄，有的託人帶到。而且不斷收到親朋戚友的來信。試想想，這麼一個禁忌的人物，遠謫窮鄉惡土，卻不斷有人敢冒大不韙，噓寒問暖，這其實是對當權的輕蔑。

所記不足一年，山谷應接的人，舊雨新知，多達七、八十人之多。連地方官吏、郡守也來看望他。郡守到來，分明是想看望他，他卻謙厚地說是來看望他的哥哥，心思很細密。官場傾軋，相比之下，民間的人情要純樸、溫厚得多。日記本無所謂題旨，這樣的處境，真是得過一天且一天，硬要總結，那就是這種永恆的人性；人面對逆境，

不容否定的話也就不必否定，但這裡那裡，他會在另一面肯定他應該肯定的東西。

起先山谷的哥哥元明蒞臨，山谷陪他到附近，主要是寺廟遊覽，下面引其中一天，已是日記中最長的記載，以見全書簡練的文風：

> （正月）二十日，己丑。陰，大寒，可重蠶。得永州平安書，並得南豐無恙書，知李倩女睦家音問，云欲遣人至宜。元明得李磁州及女姻書相書，報張子發出自訟齋。會蔣子人、鄒得久、梲于高山寺。借馬從元明遊南山及沙子嶺，邀叔時同行，入集真洞，蛇行二里餘，秉燭，上下處處，鐘乳蟠結，皆成物象。時有潤塹，行步差危耳。出洞。頃之得張貴州書，傳致范德孺、晁無咎書。夜中急雨，寒甚。

他記了一位朋友區叔時，經常和他下棋，這區先生很有趣，「再勝而三敗」、「三勝而四敗」、「三北」，但屢敗屢戰，後來，終於勝了。另一位則是范寥（字信中），即是刻印此書的人，並為此寫序，他在序中自述在成都聽到山谷在廣西，乃遠道來訪。范寥三月中開始在日記裡出現，與山谷成為忘年交，後來並且和山谷同住南樓，陪山谷走完最後的日子。才認識半年，山谷就對他說：「（山谷）嘗謂余，他日北歸，當以此（指《乙酉家

乘》）奉遺。」山谷過世時，並無其他人在，只范寥一個
人陪伴。據范氏所言，《家乘》在忙亂裡失去了，若干年
後才得朋友抄來。換言之，他手上的並非山谷的墨跡。這
范寥，費袞在《梁谿漫志》裡，把他比作「蘇秦、東方
朔、郭解之流」，縱橫豪俠，曾殺人，曾盜竊，──盜竊
所得，後來就用作山谷喪葬之資，亦正亦邪，神出鬼沒，
後來又跟術士牽涉。費著向以實錄見稱，為宋國史實錄收
錄，以供正史參用，但書成於1192年，距山谷，已近九十
年。陸游記山谷辭世，這麼説：

　　一日忽小雨，魯直飲薄醉，坐胡床，自欄楯間伸足出
外以受雨，顧謂寥曰：「信中，吾平生無此快也。」未幾
而卒。（《老學菴筆記》，卷十）

　　六十一歲的黃山谷一伸足，大感快意，卻可能因此中
了風寒，引起其他併發症。此前，日記裡並沒有記什麼病
歷，只二月有「累日苦心悸」（也許是心臟病）、四月有
「予病暴下」（腹瀉）。此外，山谷有自製平氣丸、順氣
丸（應是同一樣東西）、定志小丸之習；朋友又曾送他草
藥。但伸足受雨，陸游起首已經點明，引自范寥的傳言；
陸作又比費作稍晚。我們知道，中國筆記小説，通病之
一，即是不辨真偽，不管是否以訛傳訛。《老學菴筆記》
還記了高宗得見日記「真本」，喜歡極了，還因此提拔了

山谷的侄兒；但皇帝問侄兒「信中」是誰，竟答嶺外荒陋，沒有士人，大抵是個和尚吧。好像根本沒有讀過《乙酉家乘》。高宗早年習字，山谷即是臨摹的對象之一。讀山谷字帖詩文而沒有讀過《乙酉家乘》的人一定不少。我讀《家乘》，讀到初識范信中，山谷云：「好學之士也。」在通常不說的地方竟說了這麼一句。

《家乘》是經過增刪的麼？清代葉廷琯、鄭珍等人曾為此議論一番。無論如何，真跡終究不存，實在可惜，那書法的結體欹側、伸長，內容寫的細碎，而背後是那麼一個平等待人、追求實相的磊落人。

2006年2月

肚痛的藝術
——看草書的草稿

一

　　情景交融是文學藝術一大法則，中外如是，但論兩者
結合得天衣無縫，當無過張旭的草書《肚痛帖》。

二

　　草書是一種速度的藝術，賦尺幅的空間以時間的因
素。但草書之興，並非出於對速度的迷信，而是由於實
際的需要。草書的出現，始自秦末，因秦法嚴苛，官書繁
多，加上軍事頻密，軍書交馳，必須節省時間，加速書
寫。小篆草寫為隸書，隸書再草寫，乃成「隸草」。梁武
帝蕭衍稱之為「赴急之書」；我們從邊塞出土的漢簡，就
看到大量這種草寫的軍吏簿記。隸草又叫「章草」。「章

釋文：

忽肚痛不可堪

不知是冷熱所

致取服大黃湯

冷熱俱有益

如何為計

非臨床

草」之得名，眾說紛紜，其一是來自史游編撰的蒙書《急就章》，不過說的是篇章名，可不是書體，但急就，即是速成。文明越進步，文書的需求越多，就需要簡省書寫的時間；漢字過去走的是一個由繁而簡的歷程。

三

中國的書法理論，很有趣，據說是從反草書開始的，那是東漢末趙壹的《非草書》。不過早趙壹之作四十年，崔瑗已寫出《草書勢》，為草書作贊。趙壹的文章也引用他的贊語：「臨事從宜」。但崔作收於西晉衛恆《四體書勢》一文內，篇幅不多；而趙作質疑辯難，反映更多的社會內容。無論如何，或褒或貶，悉由草創。草書出現，明顯比隸書方便，宜乎成為潮流，那時前後出了幾個草書大家：崔瑗、杜度、張芝，尤其是張芝，時稱「草聖」，大家都崇拜他，學習他。趙壹好針砭時弊，恐怕世人崇拜他甚於孔子顏回。於是執筆為文，一板一眼地數落草書。他的文章留下來，成為書論的濫觴，但草書從隸草演變到東漢當時流行的「今草」，不僅沒有偃旗息鼓，魏晉之後，更出了王羲之、王獻之父子，成為行草的極則。魏晉人研究書法漸多，討論草書的有索靖《敘草書勢》、梁武帝《草書狀》、楊泉《草書賦》等等，可見草書不單流行，而且已正典化了；今存草書名帖也不少。所以，書論

215

之始，固然來自草書的挑戰，其蓬勃發展，也是拜這種最富於藝術意味的書寫形式所賜。中國書法，演變至魏晉南北朝，篆隸真（楷）行草，可說眾體俱備了。不過，他們說的寫的是章草（古草）、今草（小草）。到了唐代，在最崇尚法度的時代，竟產生更自由奔放的書體：「狂草」（大草）。狂草的始創人，就是張旭。

四

姓張一族，好像天生會特殊書寫，從張芝到張旭，漢末還有一個張天師，我只有母系一半的張家血緣，小時候習字，老師就說我儼如張天師：鬼畫符。許多年後我才知道這原來是褒獎，因為書聖一門都是畫符大師的粉絲。

五

趙壹要重返倉頡、史籀的書寫，注定徒勞，但他也不是全錯，他指出草書興起的原因「易而速」。他譏諷那些學寫今草的人，不思簡易之旨，寫信時反而說：「適迫遽，故不及草。」趙壹於是說：看，草書本來既易又快，如今反而變得既難又慢，不是有違本意麼。他的矛頭指向張芝，因為這句弔詭的名言來自張芝，見衛恆之作，原文是：「（張）下筆以為楷則，常曰：匆匆不暇草書。」趙

壹大抵沒有看到手迹，我們也沒有。這話有過許多不同的解讀，甚至有人認為應該這樣句讀的：「匆匆不暇，草書。」趙壹沒有想到，這話正可見草書從應用的書寫成為逐漸走向自覺的藝術。「易而速」這個「易」，是簡易，並不等同輕易，也不會永遠停留在但求簡易的層次；草書一旦成熟，草聖的作品成為「楷則」，本身就是嚴肅、認真的藝術，豈容草率？

六

張旭什麼時候創作狂草？寫《肚痛帖》的張旭，是一個匆忙中用草書書寫的書法家，但寫《千字文》的張旭，則是一個刻意運用草書體書寫的書法家，因為他並無「迫遽」的內在需要，這時候他是在演練一己的喜好。一個是無意，看來不得不如此，另一個則是有意，也盡心如此。

七

我看到的《肚痛帖》今存西安碑林，只存六行，三十字，大概是向人解說自己出了狀況，可能因此不能踐約，也可能是告假不能上班。他書名滿天下，但仍然只是個七品小官，為太子東宮長史。總之，他「忽肚痛不可堪……」，越寫越快，一副氣急敗壞的樣子，如果這是演

出，他真演得形神迫肖，你不能不相信他，甚至同情他；如果你是他的上司，你也不便留難他。換了歐陽詢、褚遂良之流，出之以四平八正的楷書，一筆一字，提按頓挫，經營停當，字當然會是好字，不過是書匠而已，真書不真，形式出賣了內容，這傢伙不是昨夜又喝醉了酒，今早要為開小差找藉口麼？

八

「忽肚痛」云云，起初三字最清楚，我們讀得出來，但越寫越快，越難釋讀：一、二行還是今草，大抵還是每字獨立。可是三、四行開始，連綿牽帶，轉折極緊湊，一筆一行，氣脈一貫，隔行也不斷，這是張懷瓘所謂「一筆書」；五、六行隨情緒的激變，越急，字形也越大，乃成「狂草」的極致，這麼一來，沒有專家的釋文，多少人能夠通讀？其中第三行第二字，我看過三種釋文，分別是「取」、「數」、「欲」。其實末行兩字也有不同的釋讀，因「臨」字頗像「冷」字，但釋為「冷」，則末字就叫人頭痛，難有著落了。我們看到這種書寫過程的變化，彷彿肚痛正在加劇，最後到了忍無可忍的地步。不少字寫得錯落欹側，從第二行開始，書行向右邊傾斜，字形時小時大，一反唐人書寫的法則：「點劃調勻，上下均平」（歐陽詢《八訣》）。唐代之前，晉人王羲之已有「凝神

靜思」、「意在筆先」之說；唐代，無論歐陽詢、虞世南，以至開創一個盛朝的太宗李世民更一再強調「沖和之氣」。那既是對晉人的繼承，另一面又結合了儒家中和之道的思維。世傳王羲之反對文字上下方正，前後均齊，像盤算子，他們卻摒棄了。

<h1 style="text-align:center">九</h1>

錢鍾書在《管錐編》中曾分析《蘭亭序》法帖，很精彩，引前人論王羲之寫同一的字，比如「之」字，二十個，悉出之以不同的寫法；但若論文章，此序其實真率蕭閒，詞意重沓，例如「惠風和暢」、「絲竹管弦」等，思想境界尤其不高，否定老莊齊物之說為虛妄，不過代之以五斗米道修神仙求長壽的虛想，「以真癡而譏偽清淨」。書聖的用心、成就，還是在書法的本業上。李世民之厚愛羲之，愛的是法帖，不見得是文章本身。畢竟東晉的社會風氣與初唐的憤發積極迥然不同。書風，反映世風。書史眾口一詞說唐人尚法，這個法，跟晉人的瀟灑妍媚對照，即分外彰顯，對他們來說，技術當然重要，但次要。唐太宗《筆法訣》，指示書寫時應有的態度：「未欲書之時，當收視反聽，絕慮凝神。心氣正和，則契於玄妙，心神不正，字則攲斜，志氣不和，書必顛覆。其道同魯廟之器，虛則欹，滿則覆，中則正。正者，沖和之謂也。」這段文

字，奇怪跟虞世南《筆髓論・契妙》前文幾乎一樣，不過加添了魯廟靈器的推論。誠如太宗所云：他們是「君臣一體」。問題在，一旦歸之於聖君名下，影響深遠，就等同金科玉律，就有一眾文字侍從推波助瀾。例如他親筆的《晉書・王羲之傳贊》說羲之「盡善盡美」，從此一錘定音；而獻之呢，則整個唐代都淪為「枯樹」、「餓隸」，難以出頭。只有張懷瓘對羲之的草書不盡滿意，把他名列第八，說他娘娘腔，欠丈夫氣。然則張旭肚痛之作，豈不就是顛覆？

十

不過兩張跟這位皇帝並不同時：太宗以《蘭亭序》帖殉葬後至少五十年，張旭才開始在書壇出現；張懷瓘，更晚八、九十年。而今世之所謂顛覆，在藝術上已成褒詞。當某種題材、某種精神狀態不能寫，某種詞匯、某種心情不許寫，諸多禁忌，這種藝術形式就有問題。到了宋代，距離更遠，大家就說怎麼行呢，那麼多束縛，要重返魏晉人風姿；他們轉而追求個性的抒發，論者認定他們尚意。但眼下張旭身處的是尚法的盛唐，太宗之後，經過虞歐褚徐（浩），書法之法更趨嚴謹，「皆為法度所窘」（黃庭堅語）。在書法的跑道上，車速必須嚴守，否則車毀人亡；此前，行草已是極速。所以，當張旭這個車神運筆風

馳電掣，加速、變速，他其實是在勇敢地突破書寫的軌道，在創新一種書體。我們於是只看到純粹的、抽象的綫條游走飛舞。當書法從實用的功能釋放出來，這才成為真正的藝術，於焉誕生一種情景交融的藝術意境。第六行的「非」字，草書寫來像「飛」，儼如破繭而出的飛蛾，先伸伸腰腿，然後展翅，終於飛翔起來。

十一

二王筆法，向有羲之內擪，獻之外拓之論。內擪，是指筆勢收斂，以骨氣取勝，沈尹默所謂「（羲之）剛健中正，流美而靜」；外拓則屬筆勢放縱，以筋力取勝，所謂「（獻之）剛用柔顯，華因實增」。王獻之的《中秋帖》（據說是米芾的臨本）就是外拓的佳例，書寫連綿牽帶；今草，其實已寫下狂草的伏筆。張旭繼承、發展的，不是老子的內擪，而是兒子的外拓。

十二

由李世民建立以王羲之為書聖的書法道統，後世的書法家只能追摹二王，尤其是大王的「古法」，說來悲哀，書法史於是成為一部返祖的退化史，去古越遠，古意越失，越不濟，唐固然不如晉，宋不如唐，明不如宋，清不

如明，一代不如一代。元呢，蒙古人治華近一百年，只出了個趙孟頫，加一個鮮于樞。

十三

沈從文寫於1948年的兩篇《談寫字》，其中一節談到宋四家：「這幾個人的成就，若律以晉唐法度規模，便見得結體用筆無不帶點權謫霸氣，少端麗莊雅，能奔放而不能蘊藉。……米稱俊爽豪放，蘇稱嫵媚溫潤，黃號秀挺老成，蔡號獨得大王草法；其實則多以巧取勢，實學不足，去本日遠。」他的結論是：「宋人已不能如虞歐褚顏認真寫字。」「去本日遠」，這是先天不足，要返「本」，實勢所不能，但「實學不足」則是後天的問題。

十四

宋人不像唐人那樣強調基本功，尤以東坡為然，他笑張芝臨池苦學，譏智永退筆如山，他自述：「我書意造本無法」，他的「意」，指的是所謂「中得心源」的主體作用；顯然放大了晉人的意，而縮小了唐人的法。但說宋人完全不肯下苦功，也不公平，這個東坡，黃山谷曾大略記述他的學書歷程：少時學徐浩，中年學顏真卿、楊風子，晚年學李邕。當然也學過二王。徐浩書名不佳，東坡未必承認

曾以徐浩為師；但顏楊李，的確是他心儀追摹的名家，尤其是顏真卿，他比之於杜詩韓文吳畫，是書壇繼王羲之之後另一高峰，說他「一變古法」、「極書之變」，強調他善「變」。也許對於古法，在他跟山谷抬槓說霍去病之不習兵法時，可見他真正的態度，他說：「去病穿城踏鞠，此正不學古兵法之過也。學即不是，不學亦不可。」

十五

「學即不是，不學亦不可，」成主成奴，關鍵在能否善學，能善學然後能變學。文學上，詩騷固然是中國文學之源，但後世文學倘必須繩之以詩騷，時移世易，要返本，就不可能產生杜詩韓文，以至蘇東坡的各體傑作。何況，晉唐書法，本身也有很大的分別。宋人，以至後人，如果要從事書藝，乃不得不通變。試以草書為例，黃山谷的草書就別開生面，他苦研草書三十年，自認走了不少歪路，不脫俗氣，晚得張旭、懷素、高閑墨跡，才窺悟筆法之妙。但張旭、懷素極速在前，他就轉而放慢速度，時而切斷牽絲，欹側錯落，追求空間的間架佈局。

十六

從李世民之獨喜王羲之，想到權貴政客要是雅好文學

藝術，文藝青年且慢高興。桓玄、梁元帝、李世民、宋徽宗等等，都喜歡書法，本身也擅書法，但二王等人的真跡絕少，也是由於他們，或巧取，或豪奪，把人類遺產私有化的惡果。晋末前後擅權的桓溫桓玄父子，都鍾愛另一對二王父子，桓玄見人有法書好畫，強佔了，而且一直把搜集所得携帶在身邊，兵敗逃命時卻通通扔進江裡。（張懷瓘《二王等書錄》）梁朝的元帝更可惡，當西魏兵臨城下，他在成為俘虜之前下令把內府自武帝以來多年搜羅的十五萬卷圖書一把火燒了，其中包括二王墨跡，據後人計算，「凡一萬五千紙」，父子各佔其半。問他為什麼焚書，他答：「讀萬卷書，猶有今日，故焚之。」（司馬光《資治通鑑‧梁紀》）權貴政客當然可以喜歡文學藝術，但如果沒有制衡，書又讀不破，他們最好高抬貴手。

十七

趙壹的《非草書》後文説：「鄉邑不以此（指草書）較能，朝廷不以此科吏，博士不以此講試，四科不以此求備，徵聘不問此意，考績不課此字。善既不達於政，而拙無損於治」，他並非全錯。唐朝以後科舉，寫不好楷書，甚難高中，明清時因小楷不佳而落名的更時有所聞。草書，從來就不是干祿、做官的敲門磚。唐代科舉考生必習的一本天書，由顏真卿的伯父顏元孫撰寫，目的為統一正

楷的寫法，索性就叫《干祿字書》。這字書在代宗期間，曾由顏真卿書錄，並摹勒上石。到了宋代，由於刻石漫漶，再重寫翻刻。這是實用的書寫。趙壹的文章記錄了，而他自己不了解：書寫如果成為藝術，可以是一種自足的樂趣，可以令人如癡如醉。張芝曾經臨池練字，池水盡墨。在鍾（繇）、張的漢末，在二王的兩晉，在張旭的唐代，廟堂之上，公務曾以篆、隸為準，再繼之以楷書，唐代要求「楷書字體，皆得正詳」。明清四平八正的官楷，世稱「台閣體」、「館閣體」。正式的公文，例求規範化，易讀。只有在帝王的閒玩裡，或者在江湖之下，大家喜歡的是各體草書，那是瀟灑風流的名士世界；也只有這種距離感，令草書獲得更大的自由。

十八

這所以寫草書的高官，只能算是業餘的宣洩，官越高，壓抑越大，筆下草書的反差也越大，這是一種人格分裂。然則寫草書的大師，形神合一的，宜乎是和尚懷素、是無心做官的張旭，是一直希望放任山水的王羲之；以至後來仕途大不如意的黃庭堅。

十九

　　酒，是另一種逗引藝術細胞，令創作力活潑起來的觸媒。張旭是杜甫的「飲中八仙」之一，他酒後寫字的神態，在唐代詩人筆下有許多傳神的描寫，如李頎、李白、高適、杜甫；書家可說深得詩家的鍾愛。老杜之作，最受傳誦，但他的輩份反而最小。張旭死後，杜甫在大歷年間還寫過首《殿中楊監見示張旭草書圖詩》。李頎的《贈張旭》也寫得很形象、具體。說張旭「露頂據胡床，長叫三五聲」（杜詩也有「脫帽露頂王公前」），因為不喜歡戴冠，於是傳說他醉後把頭髮當毛筆，蘸墨書寫。李詩說：「問家何所有，生事如浮萍；左手持蟹螯，右手執丹經。瞪目視霄漢，不知醉與醒。」高適也說他：「興來書自聖，醉後語尤顛。」倘早生數百年，合該是竹林第八賢。中國古典藝術家的形象，多少以張旭為原型？

二十

　　不喜歡張旭的詩人也有，那是後生三百多年的蘇東坡，他的《題王逸少帖》把張旭狠罵了一頓，簡直是人身攻擊，也不忘調笑一下匆匆草書：

　　顛張醉素兩禿翁，追逐世好稱書工。

何曾夢見王與鍾，妄自粉飾欺盲聾。

有如市倡抹青紅，妖歌嫚舞眩兒童。

謝家夫人淡豐容，蕭然自有林下風。

天門蕩蕩驚跳龍，出林飛鳥一掃空。

為君草書續其終，待我他日不匆匆。

以東坡之才，竟會寫得這麼糟；他比較認真的話是這樣的：「張長史草書，必俟醉，或以為奇，醒即天真不全。此乃長史未妙，猶有醉醒之辨，若逸少何嘗寄於酒乎？僕亦未免此事。」羲之（逸少）何嘗寄於酒云云，也是東坡式天才的想當然耳，蘭亭之會，流觴曲水，一觴一詠，喝的難道是清水？這篇公認「天下行書第一」的傑作，乘酒興寫來，據說醒後數天一再重寫，總不稱意。而他寫的是行書，以至小草；大草，更大的草園，他父子都未及馳騁過。東坡自己呢，不能免此，他說：「吾醉後能作大草，醒後自以為不及。」只有在天真的酒神世界裡，他發覺和張旭原來是同類。

二十一

東坡的大草我們沒有見過，他不管世人譏評書寫時著腕臥筆，不肯懸手，速度一定比較緩慢，那會是另一面貌。但他的行書傑作《黃州寒食帖》，卻同樣是情景交融

之作，筆勢隨詩情而變化，越寫越沉痛、悲涼。他也無需借助酒的力量。

<h1 style="text-align:center">二十二</h1>

　　張旭對自己的醒和醉其實也是分辨了然的。他和李白可說是另一對酒逢知己，兩個人曾同遊東越。李白大半生在為功名營役，從早年向權貴上書自薦，到晚年誤隨永王李璘，因而流放夜郎，這方面，他何曾分辨醒醉？真是「舉杯消愁愁更愁」。張旭呢，「豁達無所營；皓首窮草隸」（李頎詩句），獨樂一味：書法。今存他的六首詩，都是遊山玩水之作，較出名如《桃花谿》，顯然志不在此。有論者認為他的好酒是仕途不得志所致，其時李林甫專政，靠山是得寵的武惠妃，排斥異己，跟東宮太子爭鬥。張旭乃東宮屬官，自不好過。公務不快，是可以想像的；哪有喜歡公務的藝術家？其志，又豈在彼？長史之職，他做得不久就不做了，從此喝酒寫字。能夠做自己喜歡做的事，不太難，最難在可以不做自己不喜歡做的事。他都做到了。也許就是這種不羈、自適，善解敵意（disarming）的品性，專心書學，令相輕的同代文人覺得他不是競爭的潛對手。

二十三

　　張旭的「顛」跟徐渭，以至揚州八怪的顛狂，並不相同。他是純然活在自己的藝術世界裡，神采奕奕。早些時到澳門看徐渭的書畫展，一口氣看到這位晚明大家的許多作品。他品評前賢的書法，可見曾老老實實的下過功夫，然後才寫出大巧若拙的自己面目。這次再看到他的傑作《葡萄圖軸》，論者認為他以草書入畫，畫的題詩云：「半生落魄已成翁，獨立書齋嘯（一作「笑」）晚風。筆底明珠無處賣，閒拋閒擲野藤中。」書法毋寧也像一串串的葡萄，反過來以畫入書。他是以書作畫，以畫作書。詩是好詩，可憤激得很；但終究很自珍，畫不同的葡萄，同樣的詩題寫過不下四次。

二十四

　　傳統書評，從漢魏開始，龍蛇草木之類成為固定的審美術語；這是《詩經》「賦比興」裡的「比」；到了米芾，才表示不滿。造字之初，仿鳥獸之跡、自然山川之象，從象形到形聲，反過來以此觀看書法，容或自有淵源。但老說漢字象形，或者牢守象形之見，其實大堪斟酌，即以現存最古的文字甲骨文來看，如果看圖識字，何以經過多年研究，至今能夠解讀的仍不過一千多個，只佔少數？象形的漢字，

究屬少數；而且經過不同的書體變化，此數是越來越少了。這種評論更大的問題是，很主觀，很玄；對不同的書體也欠分疏。何況，草書既解放字象之形，化為符號化的綫條，反而用象形之喻，則奧玄之外，又是否矛盾呢？評論張旭的草書，歷來最受注意的，是韓愈，韓愈稍晚於張旭，他從張旭的草書看出書法家對唐人的「變動」：

往時張旭善草書，不治他伎，喜怒、窘窮、憂悲、愉佚、怨恨、思慕、酣醉、無聊、不平，有動於心，必於草書焉發之。觀於物，見山水、崖谷、鳥獸、蟲魚、草木之花實、日月、列星、風雨、水火、雷霆、霹靂、歌舞、戰鬥，天地事物之變，可喜可愕，一寓於書。故旭之書變動猶鬼神，不可端倪，以此終其身而名後世。

他指出張旭通過草書，不單表現一種感情，而是情感的各種面貌；草書到張旭手上，成為可以表現任何情感的藝術形式。其功夫來自專心鑽研，來自留心觀察萬事萬物，而且是觀察事物動態的變化。要之，他是從入世的生活裡汲取養素，而不是恪守前人筆法的書奴。至於「鬼神」之說，仍不免虛玄。此外，與張旭同時的蔡希綜在《法書論》記張旭傳授筆法，提到要「紙筆精佳」——他肯定是一位書法教育的行家，但他自己的書藝呢，蔡氏說「雄逸氣象，是為天縱，又乘興之後方肆其筆，或施於

壁，或札於屏，則羣象自形，有若飛動。」既不擇工具，也不挑載體，興來就寫，要寫什麼就寫什麼，要怎麼寫就怎麼寫，一無限制，一反束縛，一切可能。張旭其實遠遠甩開了他的時代，進入光速的今代。

二十五

當然，書法並非再現藝術，並不能直接再現歌舞、戰鬥，生活種種感受，只能轉化為胸中的塊壘，噴薄而成綫條、節奏，而這些游走的綫條、跳動的節奏，又必須跟內容意蘊相結合。此外，還有書體傳統的問題。這真是個大問題，中國傳統讀書人，哪一個不會寫字？不相當會寫字？他必須深入這個厚重而可怕的傳統，掙扎、爭鬥，尋求突破。

二十六

韓愈之文甚妙，他為高閑上人的草書寫序，卻美稱張旭「可喜可愕，一寓於書」，反而質疑高閑淡泊心靜。水至清則無魚，四大皆空的僧人，筆下還有什麼「象」呢？這是不知出世與入世的辯證。這位闢佛的文豪當然也並不能欣賞智永、懷素。

二十七

　　張旭何以會肚痛至不可堪？醉酒後痛的應該是頭？王
羲之的尺牘不少提及受疾病所苦，那顯然是晉人服食求仙
的後遺症。張旭是否也有服食之習，我沒有讀到文獻，但
記得李頎的句子：「左手執丹經」。他活了八十五歲（朱
關田先生的考訂），以今人計算，已相當長壽。

二十八

　　《肚痛帖》的下文失掉了，但不一定要有，或者根本
就沒有，它讓我們想像，寫到「如何為計」，筆鋒絞轉，
「非臨床」乃成高潮，墨汁看已乾枯，真的如何為繼？俏
皮的人會想，他再揑不住，停筆去了；他為了應急，自己
撕掉。其實書寫至此，從佈局來看，已構成一個獨立的視
覺空間。

二十九

　　美中不足的，《肚痛帖》現在只能看到石刻本，再看
不到紙上輕重濃淡的墨痕筆觸，多一分呆重，少許多靈
動。而且刻工有時為了將就石本，任意改移墨本的行款，
裁截書行；書史上頗不乏前科。這帖看來沒有這種毛病，

可誰知道呢？清代阮元《北碑南帖論》說：「短箋長卷，意態揮灑，則帖擅其長；界格方嚴，法書深刻，則碑據其勝。」草書，特別是狂草，鐫刻到石板上，便於流傳，但要使原本牽絲裊裊的煙雲停定，不免會流散若干。

三十

前文說《肚痛帖》的形式和內容呼應，呈現一副越益氣急敗壞之象，但只是氣急敗壞是不行的，還要有相應的功夫。即使肚子劇痛，他的書寫在飛馳使轉裡仍然表現豐富的質感，流麗剛勁，而粗幼變化，法在其中。狂草，無疑是漢語書藝裡最自由的一種書體，但對執筆的書法家而言，還是有制約的。草書的魅力，即來自這兩種矛盾力量的拉扯。《肚痛帖》其中「冷熱」二字重複，綫條來回流暢地奔跑，幾乎沿同一的綫路；兩字重複，於是承上啟下有跡可循，要是上下字不同，牽絲就有變化，加上篇幅的考量，既靈活、即興，又上下有機地互動；草書開展的，毋寧是一種不確定的旅程。有人說草書接近抽象畫，接近而已，終究與抽象畫有別，因為綫條的運動一來既須按限定的軌跡，二來出於筆順乃產生時間的序列；並且，別忘了有雖難卻並非不可能解讀的內容意蘊。

三十一

　　張旭留存的真跡甚少，計有草書的《千字文》、《般若波羅蜜多心經》、《古詩四帖》，前兩帖據說都可見於西安碑林，其實《心經》早已失落；《千字文》則是斷石，共六塊，並不完整。至於《古詩四帖》則藏遼寧博物館，是墨跡本，本來最為珍貴，可是頗受質議。熊秉明從美學上指出此帖只是臨本，因為有許許多多的筆誤；啟功則從內容鑑定應為宋人的手筆，而董其昌有意偽判。此外還有楷書的《郎官石記序》，以及1992年出土的《嚴仁墓誌》。他的楷書表現森然的法度，唐楷高手林立，他穩佔一席，殆無異議。再退一步說，如果他根本不會寫字，他可是有過此行了不起的學生：十優的顏真卿、專精的懷素。今存顏真卿記他傳授筆意的文字，提出「如印印泥」、「如錐畫沙」、「如屋漏痕」等書學術語，但並不可信，不過真卿在《懷素上人草書歌序》美稱他「楷法精深，特為真正。」他的反面教材是吳道子：吳道子謙稱跟他學書不成，乃轉而學畫。他成為大畫家。另一位草書大師黃山谷固然推崇他的草書，可也認為唐代無人能勝《郎官石記序》。這當然不無溢美。古人說：「能草不能真，無本之學」，一如畫抽象畫的名家，偶然露兩手具象之作，往往分外矚目，彷彿揭露他們的藝術之源。

三十二

　　此文最初幾節早幾年擬就，一直擱置，如今《字花》
的編輯索稿，匆匆不暇，草書，只怕貽笑方家。

2007年2月

後記

在本書《老師戲言》一文中，我説我們忘了孔子在矜莊嚴肅之外，還有戲謔幽默的另一面。其實文章未完，還有些材料可以補充。

在《荀子‧大略篇》裡，子貢請教孔子，説自己對學習感到疲倦，希望休息去侍奉君主。

孔子引《詩》答：「温恭朝夕，執事有恪（早晚都温和恭敬，理事要謹慎用心）。」侍奉君主難，侍奉君主，豈能休息呢。

子貢説，那麼我休息去侍奉父母好了。

孔子引《詩》答：「孝子不匱，永錫爾類（孝子不竭，族類就會永久獲得祝福）。」侍奉父母難，侍奉父母，豈能休息呢。

那麼，子貢説，我休息去侍奉妻兒吧。

孔子引《詩》答：「刑於寡妻，至於兄弟，以御於

家邦。（給妻子作榜樣，推及兄弟，進而治理好一家一國）。」妻兒的事情很煩，在妻兒之間，豈能休息呢。

子貢說，那麼我希望休息於朋友之間。

孔子引《詩》答：「朋友攸攝，攝以威儀。（朋友要互助互勉，令儀容莊嚴）。」朋友的相處很難，在朋友之間，豈能休息呢。

那麼我希望休息種田去，總可以吧。

孔子引《詩》答：「晝爾於茅，宵爾索綯，亟其乘屋，其始播百穀（白天要割茅草，晚上要編草繩，要趕急修好屋頂，開春還得播種百穀）。」種田難，種田，豈能休息呢。

那麼，我難道就沒有休息的時候麼？子貢問。

孔子這回不再引《詩》，答：看看墳墓吧，像高地，像山顛，像鬲鍋，這，就是你休息的地方了。

是的，你以為學習辛苦，但從事君主到下田，又哪有一件是輕鬆、容易的呢？相比之下，學習是自我的追求，不必向人交代、為物操心，反而輕鬆、容易多了。孔子答問，倒過來，是戲謔裡有嚴肅。

下面一條，見於《論衡‧別通篇》：

孔子病，商瞿卜期日中。孔子曰：「取書來，比至日中何事乎！」

237

商瞿是孔子的另一位學生，他占卜病了的老師會在中午去世。還有一些時間，怎麼打發呢？孔子說：拿書來。這就是幽默，一種學而不倦的曠達，令我們想到西方古希臘的哲人。

　　上述兩段，寫作《老師戲言》時想到，可是雜誌截稿在即，只好擱下來。這些年來，工作忙亂，讀書、寫作對我來說，變成是休息，反而輕鬆、容易，而且是自得其樂的一種學習。只是這種閒暇並不太多，所以多年來書固然讀得零碎、蕪雜，寫，也總是在一種匆忙趕急的狀態，彷彿在「死綫」前掙扎。書中只有幾篇，例如《江南水鄉》、《快遞專員：天使》，寫的時間比較充裕，也就寫得從容。趁本書編輯結集，埋頭重修一遍，有的，離開了那種語境、氛圍，實在修無可修了。

　　多年來蒙各家文學雜誌的編輯沒有把我這個逃學之人忘記，時而向我逼稿，包括陶然、葉輝、關夢南、古劍、黃慶雲、鄧小樺等等，也趁這機會多謝他們。